실존의 ; 무경계

KB215477

목차

0.
들어가는말: 피토스

판도라에게는 절대 열지 말라는 경고와 함께 신비로운 항아리인 '피토스'가 주어진다. 하지만 판도라는 호기심을 이기지 못하고 피토스를 열어버리고, 그 안에 갇혀 있던 온갖 재앙과 불행이 세상에 퍼진다. 훗날 이 이야기는 '판도라의 상자'라고 불리게 된다.

위 이야기에서는 통상적으로 인간의 호기심이라는 속성을 치명적인 약점으로 바라보는 경향이 있다. 세상에 재앙과 불행을 불러일으킨 원흉이 결국에는 피토스 내부를 들여다보지 말라는 금기에 대한 본질적 호기심이기 때문이다. 하지만 이런 질문을 던지고 싶다.

피토스를 보고도 열지 않는 인간은 과연 인간인가?

말하자면 '불쾌'의 상징인 피토스를 여는 행위가 모든 인간을 대변하는 신화의 의의는, 결국 '낯섦'과의 대면을 통해서야만 비로소 인간다움을 유지할 수 있는 실존에 대한 은유이다. 구조에 대한 무조건적 순응은 실존적 주체성과 반한다. 금기와 타부에 도전하는 판도라의 행위는 상징계 내에서 실존을 초월하는 행위이자, 순간적으로 실재에 닿는 순간이다. 그 실재는, 피상적으로는 재앙과 불행이 가득 차 있을 것이다. 그러나 본질은 결국 '피토스 안에 무엇이 들었나'가 아니라, '피토스를 열지 말라는 명령을 의심했는가'의 여부이다.

모든 인간은 낯섦 앞에서 머뭇거린다. 실재와의 대면을 두려워하는 것이다. 대부분의 인간은 구조의 안온한 포옹 속에서 영원토록 살아가기를 꿈꾸는 것이 당연하다. 트리거가 필요하다. 구조의 벽을 허물고 잠시나마 피토스 안을 들여다보게 해줄 도구. 실재의 무한함을 체험시켜줄 도구.

예술은 이성이 세운 질서를 끊임없이 견제해야 한다. 어쩌면 실험적이고 모험적이며 도전적인 작품을 보고 느껴지는 휘발적인 감정은 그 자체로 단편적인 인상에 남는 것에 불과할지도 모른다. 예술이 구조와 경계를 넘나들며 의도적으로 불편함을 자극할 때, 우리는 모호한 카타르시스를 느낀다. 진짜 집중해야 하는 것은 바로 이 부분. 저항의 쾌감이다.

앞으로 등장하게 될 이야기는 구조와 형식, 때로는 주제의식 속 실존을 전복시키며 당신에게 물을 것이다. 경계를 넘나들며 철저한 무경계 속에서 당신에게 도전할 예정이다. 이 책은 어쩌면 시, 어쩌면 소설, 어쩌면 희곡, 또 어쩌면 동화가 될 것이다.

당신은 이토록 낯선 피토스를 열 준비가 되었는가.

달팽이

　방은 오래전에 동진의 것이 되었다. 벽의 갈라진 틈마다 그의 숨결이 배어있었고, 곰팡이는 그의 살점처럼 꿈틀거렸다. 곰팡이가 부풀어 오를 때마다 그는 마치 자신의 폐가 팽창하는 듯한 느낌을 받았다. 바닥을 흐르는 점액은 그의 혈관처럼 방 안을 구석구석 연결했다. 그는 그것이 멈추면 그 역시 멈출 것이라는 기묘한 확신이 들었다. 문은 녹슬고 닫힌 지 오래였다. 동진은 문 따위 필요 없다고 생각했다. 문은 출구였다. 출구란 탈출을 의미했고, 탈출은 곧 파멸이었다. 나가야 할 이유가 없었다. 들어올 불청객도 없었다. 세상은 부패했다. 사실 부패했든 말든 동진에게 세상은 의미가 없었다. 그는 여기서 태어났고, 여기서 죽을 것이었다. 그것이 그에게 완벽한 세계였다.

　그러나 그 껍질을 찢으려는 침입자가 있었다. 문틈으로 들어온 한 장의 종이, 얇은 외피를 가진 살점 같은 안내문이었다.

"재건축 대상. 철거 예정. 퇴거 바람"

간추리자면 다음과 같았다. 짧은 안내문이었지만 그 안에 담긴 의미는 벽 하나를 무너뜨리는 것보다 더한 충격을 가지고 있었다. 이 방이, 그의 세계가 사라진다는 뜻이었다.

순간 벽을 따라 퍼져 있던 곰팡이가 사그라드는 느낌이 들었다. 방을 가득 메우던 그 숨 막히는 공기가 서서히 증발하는 것 같았다. 바닥을 흐르던 점액도, 귓가에서 들리던 정체 모를 습기의 울림도, 모든 것이 미세하게 요동쳤다. 마치 이 공간이 그 문장에 의해 해체되려는 듯했다.

동진은 종이를 내려다보았다. 그것은 이제 이 방에 침투한 균열이 되어가고 있었다. 아주 작은 틈이지만, 그 틈이 점점 벌어지고 있었다.

안내문을 받은 그날 이후, 그의 시간은 균열 속에서 갈라졌다. 눈앞에서 방의 경계가 조금씩 희미해지는 것 같았다. 벽의 갈라진 틈마다 스며들던 곰팡이가 더 이상 움직이지 않았다. 방의 심장이 멎은 것처럼 느껴졌다.

그는 한참을 침대에 누워 천장을 바라보곤 했다. 천장은 점점 낮아지는 듯했고, 때로는 그의 몸을 덮칠 만큼 가까워지기도 했다. 공기마저도 낯설게 변했다. 숨을 들이쉴 때마다 코끝에 닿는 습기는 너무 무거워 목을 막아버릴 것 같았다.

방은 점점 그를 밀어내는 듯했다. 벽도, 바닥도, 심지어 숨쉬는 공기조차도 그의 것이 아니었다. 동진은 다시 한번 안내문을 떠올렸다. 재건축 대상. 철거 예정. 그 단어들은 방의 운명이 아니라 그의 운명을 선고하는 것처럼 날카로웠다.

그때였다. 동진의 복부에서 날카로운 통증이 밀려들었다. 처음에는 단순히 배를 짓누르는 불쾌한 감각이었다. 그러나 점점 그것은 마치 내부에서 무언가 꿈틀거리는 듯한 강렬한 고통으로 변했다. 시린 통증이 복부를 가득 채우며, 마치 얼음장 같은 무언가가 그의 안에서 살아나려는 것 같았다.

동진은 본능적으로 손을 배 위에 가져다 대었다. 차갑고 딱딱한 뭔가가 그의 살 속에 박혀 있는 듯한 느낌이 들었다. 그는 손가락으로 복부를 더듬었으나 아무것도 느껴지지 않았다. 대신 통증은 점점 더 깊어져, 마치 자신의 몸 안에 생명체를 잉태한 듯한, 그러나 그 생명체가 그를 갉아먹고 있는 듯한 끔찍한 감각을 가져왔다.

방 안의 공기가 무거워지며 그의 폐를 짓눌렀다. 곰팡이 냄새가 코끝에서 짙어졌다. 동진은 더 이상 버틸 수 없었다.

10

숨이 가빠지고, 손이 떨렸다. 그의 무릎이 꺾이며 바닥으로 무너졌다. 시야가 흔들리며 방 안의 벽들이 점점 더 멀어졌다. 그리고 마침내, 그는 그 차가운 통증과 함께 깊은 어둠 속으로 가라앉았다.

얼마나 시간이 흘렀을까. 한 서너 시간쯤 지난 것 같았다. 동진은 무겁게 눈을 떴다. 주위는 고요함에 잠겨 있었고, 방 안의 공기는 숨을 쉴 때마다 무겁게 그를 압박했다. 그의 몸은 여전히 차갑고, 배 전체에 퍼지는 시린 통증이 그를 부여잡았다. 이를 악물며 그는 천천히 몸을 일으키려 했다. 하지만 통증은 신체적 고통을 한참 넘어 마치 뱃속에서 뭔가가 기어 나오는 듯한 기이한 감각으로 그를 억누르고 있었다.

동진의 눈에 방 한구석이 들어왔다. 희미한 빛 속에서 그는 그것을 보았다. 투명한 막에 싸인, 둥글고 축축한 물체였다. 그것은 바로 방금 전까지 그가 전혀 인식하지 못했던 존재였다. 그는 자신의 머리를 흔들며 그것이 환각이라 여겼다. 극심한 고통과 피로로 인한 망상일 거라고 생각했다.

그러나 그것은 분명히 그 자리에 있었다. 곧이어 막을 깨고 나온 그 존재는 천천히 움직이기 시작했다. 희뿌연 점액에 덮인 표면이 비틀거리며 들썩였고, 그 안에서 미세하게라도 뭔가가 꿈틀거리는 것이 보였다. 동진은 차가운 땀을 흘리며 그 자리에서 꼼짝도 하지 못했다. 눈을 감았다가 다시 떴다. 그 물체는 여전히 거기 있었다. 환각이 아니라는 사실이 그의 뇌리를 스쳤다. 그것은 실제였다. 무엇보다도 그것은, 살아 있었다.

시간이 지날수록 그것은 자라났다. 둥근 껍질 안의 부드러운 살은 꿈틀거렸고, 내부에서 미세한 소리가 들려왔다. 그는 그것을 지켜보며 자신의 일부가 살아 숨 쉬고 있다고 느꼈다. 그것은 그가 낳은 '무언가'였다. 그는 그것을 달팽이라고 불렀다. 아니, 그것은 분명히 달팽이었다.

달팽이는 빠르게 자라났다. 며칠 만에 방의 절반을 차지할 정도로 거대해졌다. 점액은 방 전체로 퍼졌고, 달팽이는 그 점액을 따라 느릿느릿 기어 다녔다. 동진은 달팽이를 바라보며 경외감과 공포를 동시에 느꼈다. 그것은 그의 자식이었고, 그의 일부였으며, 방 그 자체였다.

얼마 가지 않아 벽이 흔들리기 시작했다. 예고했던 재건축 철거 작업이 시작된 것이다. 드릴의 날카로운 소리가 벽을 뚫었고, 방은 곰팡이와 점액을 흘리며 몸부림쳤다. 동진은 달팽이와 방 사이에서 결정을 내려야 했다. 그의 소중한 방은 죽어가고 있었다.

그는 달팽이의 껍질을 들여다보았다. 나선형의 껍질 내부는 살아 있는 생물처럼 꿈틀거렸다. 점액이 빛나며 그의 손끝에 스며들었다. 껍질의 부드러운 벽은 떨리는 살처럼 온기를 뿜어냈다. 그는 껍질 속에서 자신을 발견했다. 껍질이 곧 자신이었다. 그는 결심했다. 껍질 속으로 들어가야만 했다.

달팽이는 움직이지 않았다. 그것은 자신의 껍질을 내어줄 생각이 없었다. 하지만 그는 달팽이에게 속삭였다. 미안하다고. 그 말을 마치기도 전에 그는 껍질을 떼어내기 시작했다. 달팽이의 신음 섞인 비명이 환청처럼 들려왔다. 껍질은 단단했고, 한 번 벗겨낼 때마다 끈적한 소리가 방 안에 울렸다. 점액이 그의 손에 묻어들었다. 껍질의 표면은 마치 살아 있는 살점을 그대로 찢는 느낌이었다. 껍질을 떼어낼수록 그의 손은 더 깊숙이 달팽이의 내부로 들어갔다.

마침내 껍질이 완전히 벗겨졌을 때, 방 안은 점액으로 범벅이 되어 있었다. 달팽이는 껍질을 잃은 채 미동도 하지 않았다. 그는 껍질을 들어 올렸다. 그것은 그의 새로운 집이었다.

동진은 빼앗은 껍질 속으로 들어갔다. 껍질의 내부는 끈적하고 따뜻했다. 점액은 그의 피부와 융합되어, 그가 더 이상 인간인지, 아니면 달팽이인지 분간할 수 없게 만들었다. 껍질 속에서 그는 웅크리고 숨을 멈추었다. 껍질은 그의 살과 하나가 되었고, 나선형의 공간은 그의 심장을 대신해 뛰기 시작했다.

밖에서는 벽이 무너지고 있었다. 방은 마지막 숨을 내쉬며 철거 작업의 드릴에 찢겨나갔다. 그러나 껍질 속에서 동진에게는 아무것도 들리지 않았다. 그는 점액의 바다 속에서 꿈을 꾸고 있었다. 그의 과거는 빨려 들어갔고, 외부 세계는 더 이상 존재하지 않았다. 나선형 껍질 안에 웅크린 채 파편의 잔해를 폐각으로 받아내는 한 인간의 모습은, 억압과 융화된 무경계의 초상이었다.

달팽이는 껍질을 잃고 배발만 남은 채 천천히 방을 나섰다. 점액의 흔적이 방을 가로질렀다. 그리고 동진은 껍질 속에서 조용히 웃었다.

그의 세계는 다시 한 번 완성되었다.

익사 연습

욕조는 매일 나를 삼키는 연습을 한다. 나는 매일 욕조를 삼키는 연습을 한다. 누가 먼저 무너질지는 중요하지 않다. 어차피 둘 다 여기서 끝난다.

언젠가부터 물이 가득 찬 욕조 안에 들어가 숨을 참는 것이 습관이 되었다. 머리를 물 속에 밀어 넣으면, 폐가 잔뜩 부풀어 오른다. 공기는 더 이상 내 것이 아니다. 물은 나를 안에서부터 조여오며 모든 소리를 삼킨다. 나는 그 싫지 않은 고통을 기다린다. 폐가 비명을 지르는 순간이 오면, 나는 비로소 살아있음을 느낀다. 아니, 살아있다는 착각을 즐긴다.

···97···98···99···

물 속에서의 시간이 길어질수록 감각은 선명해진다. 눈앞에 보이는 빛의 일렁임, 귀에 들리지 않는 진동, 심장이 퍼붓는 마지막 저항. 모든 것이 물 속에서는 절대적인 질서를 가진다. 이곳에서는 내가 세상과 연결되어 있지 않다. 숨을 쉬지 않는 동안, 나는 세상 밖의 모든 것과 단절된다. 그리고 그 단절이 너무 달콤하다.

어느 날, 나는 물 속에서 배꼽에 묘한 감각을 느꼈다. 무언가가 그곳에서 나를 잡아당기는 느낌. 처음엔 물줄기인 줄 알았다. 하지만 물줄기는 이렇게 단단하지 않다. 그것은 살아 있는 무언가였다.

나는 물 속에서 더 이상 움직이지 않았다. 줄은 어느새 나를 감싸고 있었다. 부드럽고 축축한 무언가가 배꼽 근처에 닿았을 때, 나는 알 수 없는 평온에 휩싸였다. 그것은 나를 세상과 단절시키면서도 동시에 어딘가로 연결해 주고 있었다. 숨을 쉬지 않아도 가슴이 아프지 않았다. 차갑고 묵직한 물이 폐를 채워나갔지만, 그 압박감은 마치 오래전부터 기다려온 품처럼 따뜻하고 기묘했다.

익사는 완성되었으니, 이제 태어나는 연습을 해야 할 때다.

숨바꼭질

1.

게임 시작. 나는 숨었다. 아니, 숨겨졌다. 이 게임은 누군가의 명령으로 시작된 것이 아니었다. 마치 오래전부터 기다려온 의식처럼 자연스레 시작되었다.

2.

둘. 나와 타인을 구분짓는 숫자. 나는 문 뒤로 사라졌고, 그들은 그 문 앞에 서 있었다. 문은 얇았지만, 그 너머의 세계는 나에게 완벽히 닫혀 있었다. 나는 문을 넘어서는 것이 두려웠다.

5.

오감. 다섯은 세계가 나를 침범하는 방식이었다. 땅의 냉기, 술래의 낮은 숨소리, 나를 스치는 바람. 모든 것이 나를 지나갔지만, 그 누구도 나를 보지 못했다. 나는 나를 보고 싶었지만 그럴 수 없었다

9.

나는 아홉 번 숨었다. 아홉 번, 누군가의 발길이 내 가까이까지 다가왔다. 그러나 아홉 번째 시도에서 나는 깨달았다. 술래에게 발견되는 순간보다 발견되지 않은 순간이 더 두려웠다는 것을. 그럼에도 불구하고 나는 계속 숨었다.

0.

0은 존재의 숫자가 아니었다. 그것은 부재였다. 나는 숨었다고 생각했지만, 숨는 것이 아니라 그저 사라지고 있었다. 나를 본 사람은 아무도 없었다. 그 누구도 나를 찾지 않았다. 나는 사라지면서 더 크게 존재했다.

-1.

나는 술래가 되었다. 그러나 술래가 된다는 것은 역행하는 것이었다. 나는 숨어 있는 자들을 찾기 위해 거울 속으로 들어갔다. 거울 너머에서 나는 나 자신을 찾았다. 술래는 내가 숨기 전의 나였다.

∞.

놀이에는 끝이 없었다. 술래와 숨는 자는 결국 하나였다. 숨는다는 것은 나를 부정하는 것이 아니라 나를 발견하려는 몸부림이었다. 나는 나를 발견하기 위해 숨었다. 그러나 발견된 순간, 나는 또다시 숨었다.

머리카락

잘라 내야겠어.

거울 앞에서 가위를 들었다. 손끝이 떨렸다. 머리칼은 어깨를 타고 흘러내리며 등에까지 닿아 있었다. 오래된 덩굴처럼, 그것은 뿌리 깊은 무언가로 얽혀 있었다. 빛이 바랜 머리칼의 끝은 마치 죽은 가지 같았고, 그것을 떼어내지 않는 한 나는 자유로울 수 없을 것 같았다.

찰칵. 가위질이 끝나자 머리칼은 무겁게 떨어졌다. 바닥에 닿은 머리칼은 생명을 잃은 뱀처럼 뒤틀렸다. 몇 올이 손가락에 걸려 남았다. 나는 그것들을 떼어내듯 쓸어냈다. 거울 속에 비친 얼굴은 낯설고 허전했다. 과거가 조금씩 벗겨진 얼굴 같았다.

바닥에 널린 머리칼을 쓸어 담아 변기에 넣었다. 머리칼이 물 위에서 뒤엉켰다. 뿌옇게 빛나는 물 속에 검은 실들이 서서히 가라앉았다. 마치 바닥 없는 심연에 빨려 들어가는 듯한 모습이었다. 물을 내리려는 순간, 이상한 충동이 밀려왔다. 아직 아니야. 그걸 끝내는 건 조금 더 기다려야 한다고.

방으로 돌아온 나는 잠들려 했지만 이상한 소리가 화장실에서 들려왔다. 처음엔 단순한 물방울 소리 같았다. 그러나 점차 더 선명해졌다. 물이 튀는 소리, 무언가 질질 끌리는 소리, 그리고 아주 희미한 속삭임.

화장실로 다가가 불을 켰다. 변기 뚜껑이 약간 들린 채 흔들리고 있었다. 그 속에서 검은 머리칼이 천천히 밀려나왔다. 아까 내가 버린 머리칼이었다. 그것들이 서로 얽히며 움직였다. 마치 살아 있는 생물처럼.

알 수 없는 기이한 소리가 들렸다. 고개를 들자, 변기 속에서 무언가가 올라오고 있었다. 머리칼 사이로 흰살이 드러났다. 그것은 손이었다. 물에 젖은 피부가 축축히 빛났다. 그 손이 변기의 가장자리를 붙잡고 몸을 끌어올렸다.

그것은 나였다. 머리칼은 여전히 젖은 채 검고 긴 채로 늘어져 있었고, 눈은 텅 빈 어둠으로 가득 차 있었다. 얼굴의 살결은 내가 아는 것보다 조금 더 얇고, 조금 더 투명했다.

"너는 나를 자를 수 없어. 나를 버리는 순간, 나는 더 깊이, 더 선명히 살아날거야."

나는 뒷걸음질쳤다. 그러나 그것이 한 걸음 다가왔다. 발소리가 젖은 물웅덩이를 밟는 소리를 냈다. 그것은 나를 똑바로 쳐다보며, 축축한 손을 내밀었다.

"나를 받아들여."

그 손이 내 어깨에 닿는 순간, 나는 내 몸이 갈라지는 느낌을 받았다. 변기 속에서 올라온 그 존재는 내가 외면했던 나였다. 내가 잘라내고 버렸다고 믿었던 나였다. 그것은 곧 나를 삼키듯 나와 하나가 되었다. 변기 안에서 흘러넘친 검은 머리칼은 천천히 바닥으로 스며들어갔다.

아침이 되었다. 나는 다시 거울 앞에 섰다. 내 머리칼은 짧게 잘려 있었지만, 거울 속 나의 얼굴은 조금 더 깊은 어둠을 품고 있었다. 변기 속에서 탄생한 그 존재는 여전히 내 안에 있었다. 나는 그것을 부정하지 않았다. 부정할 수 없었다.

나는 밤새 자라난 머리카락을 다시 잘라냈다.

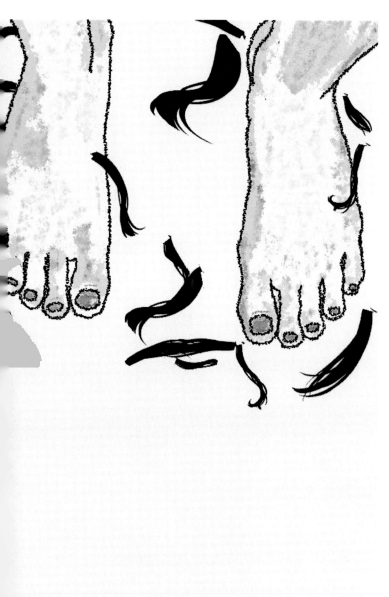

주사위를 굴려

    스스로를 이름 없는 손님이라고 지칭하던 그것이 우리 집에 찾아온 건 죽음을 생각하게 만든 그 사건이 있고 며칠 후였다. 참담했던 그날 이후로 나는 어떤 것과도 대화하지 않았다. 심지어 나 자신조차. 하지만 그것은 다르게 굴었다.

    "어떤 기분이었지?"

    나는 모른 척했다. 그것은 멈추지 않았다.

    "네가 그곳에 서 있을 때. 손끝이 떨릴 때."

    나는 처음에 그것을 혐오했다. 그것은 날 쉴 틈 없이 밀어붙였다. 내 속의 것들을 헤집고 끌어내, 내 앞에 던져놓았다. 나는 울었고, 분노했고, 종국에는 지쳤다.

그러나 이상하게도, 그런 날들이 거듭될수록 나는 그것을 필요로 하게 되었다. 아니, 그것 없이는 살 수 없을 것만 같았다. 그것은 나에게 상처를 주었지만, 동시에 상처를 핥아주는 혓바닥 같았다.

내게 그런 게 필요하다는 사실이 역겨웠다. 하지만 나는 이내 그러한 역겨움을 감내하기로 했다.

어두운 방. 책상 위 주사위가 놓여 있다. 두 인물이 서로 마주하고 있다.

__: 게임을 하나 제안하지.

나: 안 해.

__: 들어보지도 않고?

나: 안다고. 다 뻔하지.

그것은 자리에서 일어나 창문 쪽으로 다가간다.

__: 뻔할지도 모르지. 그래도 한번 들어봐.

나: 필요 없어.

그것이 창문을 열고 아래를 가리킨다.

__: 여기, 3층. 떨어지면 죽을 수도 있고 아닐 수도 있는 애매한 높이. 주사위를 굴리고, 숫자만큼 반복해서 떨어져 보는 거야.

나: 미쳤어?

__: 미쳤는지는 네가 판단할 문제고. 주사위를 굴려.

침묵. 방 안에 무거운 공기가 가득 찬다.

__: 싫다면 어쩔 수 없지. 우리의 인연은 여기까지인가 보군.

그것이 문 쪽으로 돌아선다.

나: 잠깐.

그것이 멈춰서 뒤를 돌아본다. 미소가 희미하게 드러난다.

__: 그래, 그게 맞아. 주사위를 굴려.

나, 망설이다가 천천히 책상 위로 손을 뻗는다. 주사위를 들고 굴린다. 주사위는 한 번 구르고 숫자를 드러낸다.

빛이 바랜 방 안, 주사위의 숫자가 또렷이 비친다.

나, 창문을 열어젖힌다.

완벽한 자두나무

아버지가 죽은 날, 그는 자두를 씹어 삼켰다. 씨까지. 달콤한 과즙이 혀를 적시고 목으로 넘어가며 쓴맛이 뒤따랐다. 그 쓴맛은 오래도록 사라지지 않았다. 대기업의 음해로 아버지가 잃어버린 농장, 그로 인해 아버지 스스로 목숨을 끊으며 그에게 남긴 고통과 절망이 혀끝에서 쓰라리게 퍼졌다. 그는 침을 삼키며 생각했다. 그들은 자두로 모든 것을 빼앗아갔으니, 자두로 갚아줄 거라고.

그날 이후, 그는 끊임없이 자두를 씹었다. 대기업의 농약이 스며든 자두, 광택 나는 자두, 도저히 자연에서 나올 리 없는, 가짜 자두를. 씹고 삼켰다. 매번 씨까지.

처음 이상을 느낀 건 손톱이었다. 검고 단단해지더니, 끝이 쪼개져 나무껍질처럼 거칠어졌다. 손가락 끝에서 맺히는 끈적한 액체는 피가 아니라 수액이었다. "몸이 건조해서 그런 겁니다," 약사는 대수롭지 않게 말했다. 하지만 통증은 손가락 끝에서 팔로, 가슴으로 번져갔다.

병원을 찾았을 때, 의사는 그의 손을 보고 고개를 갸웃거렸다. "뭔가 이상하군요. 간단한 검사부터 해봅시다."

MRI 검사 직후 의사가 화면을 가리키며 말했다. "이건 말도 안 됩니다."

갈비뼈 틈새에서 솟아난 뿌리 같은 형체가 그의 폐를 휘감고 있었다. 가지처럼 얽힌 구조물이 심장을 감싸고, 그의 장기 사이에 뻗어 있었다. 초음파 화면에서는 그의 혈관 속을 타고 작은 씨앗 같은 덩어리들이 움직이고 있었다.

"당신 몸에서… 나무가 자라고 있습니다.

"이 나무는 당신의 영양분을 전부 흡수하고 있어요. 당신을 갉아먹고 있습니다. 곧… 당신을 대체할 겁니다."

집에 와서 한동안 거울을 뚫어져라 응시했다. 입을 크게 벌리고 목구멍 안쪽을 살폈다. 뿌리 깊게 자리한 나무는 마치 내면의 무언가를 대변해 주는 것만 같았다.

그는 자신이 자랄 곳을 찾아야 했다. 아버지의 땅이었던 농장. 이제는 대기업의 간판이 걸려 있었다. 자두 나무들은 일렬로 늘어서 있었다. 완벽한 열매를 달고. 그가 어릴 적 뛰어놀던 밭은 거대하고 비인간적인 농장으로 변해 있었다.

그는 가장 비옥한 땅, 햇빛이 가장 잘 드는 중앙으로 걸어갔다. 땅을 파고, 손을 밀어 넣었다. 흙이 손끝에서 감각을 되찾았다. 뿌리가 뻗어나가는 것을 느꼈다. 그의 살은 이미 나무껍질로 변해 있었다. 팔이 가지가 되었고, 가슴에서 잎이 돋아났다. 그는 천천히 나무가 되었다. 마지막 숨을 내쉬며 그는 생각했다. 이제 시작이라고.

시간이 지나, 그는 거대한 자두나무로 자랐다. 가지는 하늘로 뻗었고, 자두는 붉고 탐스럽게 익어갔다. 사람들은 그 나무를 보고 감탄했다. "완벽한 자두나무." 대기업 사장도 그 나무를 직접 보러 왔다.

"이건 예술이군." 사장은 말했다.
"세상에 이런 나무가 또 있을까?"

사장은 가지를 뻗어 가장 커다란 자두를 따냈다.
"이 자두, 꼭 맛봐야겠어."

한 입.

달콤함이 혀끝에서 퍼졌다. 그 뒤를 이어, 씁쓸함이 찾아왔다. 혀끝이 저리고, 목이 따갑게 조였다. 사장은 헛구역질을 했다. 열매에서 스며든 독이 그의 몸속으로 퍼졌다.

그는 땅바닥에 무릎을 꿇었다. 눈동자가 뒤집히고, 입에서는 거품이 흘러내렸다. 마지막 순간, 그는 나무를 바라보았다. 나무는 흔들리지 않았다. 가지가 바람에 흔들리며, 잎사귀가 쏟아지는 빛 속에서 소리를 냈다. 마치 웃음소리처럼.

그 나무는 지금도 그 자리에 서 있다. 아무도 그 자두를 먹지 않는다. 하지만 그 나무는 매년 붉고 탐스러운 열매를 맺는다. 사람들은 여전히 그 나무를 "완벽한 자두나무"라 부른다.

그러나 그것이 무엇으로 자라났는지는, 아무도 모른다.

누구와 함께 밤을

현은 담배를 끊었다고 했다. 하지만 그녀는 여전히 창문틀에 기대어 불을 붙였다. 창밖으로 담배 연기가 나가는 모습을 바라보며, 그녀는 아무렇지 않게 말했다. "준, 우리 대화가 안 되는 것 같아."

나는 그녀를 바라봤다. 네온사인 불빛이 그녀의 얼굴을 반쯤 잘랐다. 위태로운 표정이었다. 마치 달아나고 싶어 하는 사람처럼.

"내가 뭘 어쨌다고 그래?" 나는 말했다. 목소리가 단단했다. 적어도 그렇게 들리길 바랐다.

그녀는 담배를 피우며 침묵했다. 두 번째 마디를 꺾을 때쯤, 천천히 고개를 돌렸다. "너는 항상 그래. 네 세계 안에 갇혀 있어. 네 감정이 뭐든, 네가 뭘 생각하든, 나랑은 상관없는 것처럼 행동하잖아."

나는 웃음이 나왔다. 그 웃음은 내 의지와 상관없이 새어나왔다. "내가 그렇게 냉정했어? "

"그게 네 문제야, 준. 넌 네가 뭘 느끼는지도 몰라."

나는 자리에서 일어났다. 방은 작았다. 작고 어둡고 숨이 막혔다. 벽을 때리고 싶었지만 참았다. 대신 그녀를 똑바로 바라봤다. "그래서? 날 떠나겠다는 거야? 그 말 하고 싶었던 거면 빨리 끝내."

그녀는 손가락 끝으로 담배를 비벼 끄더니 천천히 일어섰다. 그녀의 눈은 흔들리지 않았다. "네가 생각해. 그게 네 문제인지, 내 문제인지."

그녀는 방을 나갔다. 문이 닫히는 소리가 날카롭게 울렸다. 나는 그 자리에 서 있었다. 나는 한숨을 푹 내쉬었다.

그날 밤, 나는 침대에 누웠다. 그녀는 돌아왔다. 한숨을 쉬며 내 옆에 누웠다. 그녀는 화해할 준비가 된 사람이었다. 나는 아니었다. 나는 현을 외면하고 깊은 잠에 빠졌다. 꿈이었다. 나는 알 수 있었다. 현실과는 다르게 공기가 따뜻하고 부드러웠다.

윤정. 눈앞에는 윤정이 있었다. 전애인이었다. 그녀는 오래된 사진 속 모습 그대로였다. 밝은 미소, 부드러운 눈빛, 그리고 언제나 나를 안심시키던 그 표정.

"윤정." 내가 그녀의 이름을 불렀다. 목소리는 갈라져 있었다. 그녀는 대답하지 않았다. 대신 다가와 나를 가만히 안았다.

그 감촉은 너무나 현실적이었다. 나는 그녀의 등을 감쌌다. 심장이 뛰었다. 숨이 막힐 듯한 그리움이 온몸을 휘감았다. "...그리웠어." 말이 새어나왔다. 내 목소리는 떨렸다.

그녀는 가만히 미소 지었다. "나도."

우리는 손을 맞잡고 걷기 시작했다. 어디로 향하는지 알수 없었다. 그냥 걸었다. 길은 끝없이 이어졌다. 골목길, 낡은 카페, 오래된 극장. 모든 곳이 익숙하면서도 낯설었다. 그녀가 손끝으로 내 손을 간지럽히며 웃었다. "여기 기억나?" 윤정이 물었다.

나는 고개를 끄덕였다. "우리 처음 데이트했던 곳."

그녀는 눈을 가늘게 떴다. "맞아. 그때 네가 너무 어색해서 말도 제대로 못 했잖아."

"그랬지." 나는 웃었다. 진심으로 웃었다. 너무 오랜만이었다.

우리는 카페 안으로 들어갔다. 오래된 나무 의자가 삐걱거렸다. 그녀는 내 앞에 앉아 커피 잔을 들었다. "여기서 우리가 무슨 얘길 했었더라?"

나는 기억나지 않았다. 하지만 대답할 필요는 없었다. 그녀는 이미 알고 있었다는 듯 웃었다.

시간은 천천히 흐르고 있었다. 아니, 어쩌면 멈춰 있었을지도 모른다. 그녀와 함께 있는 이 순간이 영원했으면 했다.

밖으로 나오자 하늘이 점점 어두워졌다. 그녀는 내 팔을 잡았다. "준, 이 순간만큼은 나를 기억해줘. "

나는 고개를 끄덕였다. 그녀의 손은 따뜻했다. 마치, 이 모든 게 진짜라는 듯. 우리는 진한 포옹을 나눴다.

그리고 나는 눈을 떴다. 머리가 멍했다. 마치 꿈속에서 끌려 나오는 듯한 감각이었다. 어둠 속에서 느껴지는 것은 따뜻한 체온. 나는 팔을 움직였고, 내 손끝에 무언가 부드럽고 익숙한 것이 닿았다.

현의 몸이었다. 나는 그녀를 안고 있었다. 아니, 어쩌면 그녀가 나를 안고 있었다. 방 안은 고요했다. 창밖의 네온사인은 여전히 희미한 빛을 던지고 있었고, 그녀의 얼굴이 반쯤 가려졌다. 하지만 나는 분명히 보았다. 그녀의 눈이 부드럽게 감겨 있었다.

"안아줘서 고마워." 그녀가 말했다. 목소리는 낮았고, 그녀의 숨결이 내 목을 스쳤다. "아까는 미안했어. 함께 밤을 보낼 수 있어서 좋았어."

그 말이 무겁게 떨어졌다. 순간적으로 숨이 막히는 것 같았다. 윤정의 모습이 머릿속에 번개처럼 스쳐 지나갔다. 그녀의 미소, 그녀의 손길, 그녀의 목소리. 머리가 울리기 시작했다. 뭔가 안에서부터 터져 나올 것 같았다. 두통이었다. 날카롭고 깊었다. 마치 누군가 내 머릿속을 송곳으로 찌르는 듯한 통증.

"준, 괜찮아?" 현이 물었다. 그녀의 손이 내 이마에 닿았다. 따뜻했다. 하지만 그 따뜻함이 무겁게 느껴졌다.

나는 눈을 감았다. 다시 열었을 때, 현의 얼굴이 분명히 보였다. 하지만 그 순간, 그녀의 얼굴이 윤정의 얼굴로 바뀌는 것 같았다. 아니, 그녀는 여전히 현이었다. 단지 내 안에서 윤정이 떠나지 않았을 뿐. "괜찮아." 나는 간신히 대답했다. 목소리는 건조했다. "그냥 조금 머리가 아파서."

현은 걱정스러운 눈빛으로 나를 바라보았다. 하지만 그녀는 더 묻지 않았다. 그녀의 팔이 나를 감싸며 더 가까이 다가왔다. 그녀는 나와 화해하고 싶어했다. 하지만 나는 그녀를 받아들일 준비가 되어 있지 않았다.

꿈속에서 나는 윤정을 안았다. 현실에서 나는 현과 함께 있었다. 하지만 나는 누구도 온전히 안고 있지 않았다. 나는 누구와 함께 밤을 보낸 것인가.

숙주

장례식장, 영정 사진 앞

이준: (관을 바라보며) 이렇게 끝난 거군요. 누가 봐도 뻔한 결말.

친할머니: (기도를 멈추고 고개를 든다) 넌 그를 몰라. 네 아버지는 정말 힘들었어. 세상이 그 애를 너무 가혹하게 대했지.

이준: (쓴웃음) 가혹하게 대해서 저를 이 모양 이 꼴로 만들어두고 간 거겠죠.

친할머니: (고개를 저으며) 넌 몰라. 그는 단지… 약했을 뿐이야.

이준: (한 걸음 다가가며) 약해서 술을 마셨겠죠. 약해서 자기 자식을 막 때렸겠죠. 그리고 약해서, 결국 자기 몸도 망쳤겠죠.

친할머니: (울컥하며) 그만해! 네 아버지는 네가 알던 그런 사람이 아니야.

이준: (비웃으며) 제가 겪었던 건, 제가 맞았던 건 다 착각이겠죠.

친할머니: (눈을 감으며) 그런 말 하지 마라. 난… 난 그 애를 다시 데려올 거야.

이준: 뭐라고요?

친할머니: 오늘 밤, 의식을 치를 거야. 네 아버지가 돌아올 수 있도록.

이준: 할머니, 이건 아니에요.

친할머니는 대답하지 않고 조용히 자리에서 일어난다. 방 뒤편으로 천천히 걸어가며 촛불을 하나씩 밝히기 시작한다. 이준은 할머니의 뒤를 쫓으려다 멈춰선다. 조명이 서서히 어두

그날 밤, 나는 죽은 자의 유령이 살아있는 자를 조종하는 모습을 목격했다. 할머니의 주름진 손은 촛불 위로 흔들렸고, 그녀의 입술에서 흘러나오는 단조로운 기도는 방 안의 공기를 무겁게 내리눌렀다. 나는 그녀가 무엇을 하고 있는지 몰랐지만, 동시에 모든 것을 알고 있었다.

아버지를 다시 불러오겠다는 집착. 그 손상된 육체와 비틀린 영혼을 되돌리겠다는 환각 같은 믿음. 그녀는 내가 받은 상처들을 모른 척했다. 아니, 알고도 외면했겠지. 나에게 짐을 남기고 도망친 그 사람이, 그녀에게는 그토록 소중한 아들이었던 것이다.

촛불이 하나둘 꺼져갈 때, 나는 그녀의 행동을 보며 단 하나의 결심을 했다. 이건 복수가 필요하다는 결론이었다.

'9월 23일.'

나는 할머니가 속삭이던 날짜를 기억했다. 그 밤의 향기, 속삭임의 리듬, 촛불이 깜빡이던 간격까지. 모든 것을 머릿속에 새겨 넣었다. 내 몸이 무언가로 채워지는 기분이었다. 그것이 분노인지 두려움인지 알 수 없었다. 어쩌면 둘 다일 지도 몰랐다.

그날은 비가 내리고 있었다. 촛불을 밝히던 할머니의 손을 떠올렸다. 내 머릿속에서는 그 장면이 망가진 필름처럼 반복되었다. 불완전하고, 끊임없이 되감기는 기이한 화면.

"네 아비의 피는 다시 태어날 거야. 정해진 날에. 네가 그걸 원하든 아니든. "

할머니의 결의에 찬 말이 머릿속에서 맴돌았다.

그 후 며칠 동안, 나는 밤마다 같은 악몽을 꾸었다. 촛불이 깜빡이고, 기도 소리가 점점 더 커지다가 갑자기 끊어지는 꿈. 깨어날 때마다 땀으로 흠뻑 젖어 있었고, 창문을 열면 차가운 공기가 내 얼굴을 때렸다. 머릿속에 떠오르는 것은 하나뿐이었다. 9월 23일.

"오늘… 준비됐지?"

아내의 목소리가 귓가에 스쳤다. 나는 그녀를 쳐다보지도 않았다. 그녀의 부드러운 얼굴을 마주할 자신이 없었다. 이 모든 것을 숨기고 있다는 사실이 내 안에서 썩어가고 있었다.

"응."

내가 대답했을 때, 목소리는 내가 아닌 누군가의 것 같았다. 나는 연극 배우처럼 대사를 읊조렸다.

우리는 침대에 누웠다. 그녀의 몸은 따뜻했고, 그 따뜻함은 내 손끝을 타고 올라왔다. 그러나 그것은 사랑이 아니었다. 내 안에는 증오와 복수심만이 남아 있었다. 나는 그녀의 존재를 도구로 여겼다. 그녀를 사랑했던 내가 아닌, 아버지를 다시 끌어내릴 나 자신을 봤다.

내가 이 선택을 했다는 사실이 나를 갉아먹었다. 나는, 아버지를 복수하기 위해 아버지를 탄생시키고 있었다.

아이는 정확히 열 달 뒤에 태어났다. 나는 그 순간을 기억하지 못하고 싶었다. 그러나 기억은 그럴수록 더 선명해졌다.

새벽의 병실은 썩은 공기처럼 차갑고 어둠으로 가득했다. 아내는 침대 위에서 소리를 질렀고, 나는 한 걸음 뒤로 물러서 있었다. 그 고통스러운 순간조차 나는 그녀를 걱정하지 않았다. 내 머릿속에는 아이가 어떻게 태어날지에 대한 생각뿐이었다.

"나왔습니다."
의사의 목소리가 들렸다. 그러나 그 말 뒤에 이어진 침묵은 견딜 수 없을 만큼 길었다. 아이가 울지 않았다. 대신 방 안에는 끈적거리는 소리와 낯선 액체가 바닥에 떨어지는 소리만이 메아리쳤다. 나는 천천히 다가갔다. 아이를 본 순간, 모든 것이 멈췄다.

그것은 인간의 형상을 하고 있었다. 그러나 동시에 인간이 아니었다. 그의 팔과 다리는 살로 뒤덮인 지느러미로 이어져 있었다. 얼굴은 아버지의 젊은 시절을 기괴하게 닮아 있었다. 붉고 불완전한 살덩어리들이 서로를 밀어내며 억지로 붙어 있는 것 같았다.

"이건… 뭐야?"

내가 내뱉은 말은 아무도 듣지 못한 듯했다. 의사와 간호사는 고개를 숙이고 있었다. 아내는 혼수상태에 가까운 상태로 누워 있었다.

아이는 울지 않았다. 대신 눈을 떴다. 그 눈동자는 깊은 어둠이었다. 그 순간, 나는 그 눈 속에서 아버지의 비명을 들었다.

아이는 우리 집으로 들어왔다. 나는 그를 거부할 수 없었다. 그를 보는 것만으로도 내 복수가 완성되었다는 생각이 들었다. 그러나 동시에 나는 그가 내 삶을 무너뜨릴 것을 알고 있었다.

처음에는 단순했다. 아이는 울지도, 웃지도 않았다. 그는 그저 가만히 있었다. 그러나 밤이 되면, 그것은 내 몸에 악착같이 달라 붙기 시작했다. 그것은 더 이상 지느러미가 아니었다. 그것은 찰싹거리는 습기를 머금은 무언가였다.

"떨어져."

나는 속삭였지만, 그는 내 몸에 점점 더 깊숙이 뿌리를 내렸다. 그의 살점이 내 피부와 뒤섞였다. 나는 그를 떼어내려고 손톱으로 긁었다. 하지만 그의 살점은 곧 내 살처럼 느껴졌다.

밤마다 그는 점점 내 몸을 잠식해갔다. 그 힘을 당해낼 수 없었다. 나는 거울 앞에 서서 내 얼굴을 보았다. 그리고 그곳에는 아버지가 서 있었다. 술에 절은 얼굴, 주름진 눈가, 무너져 내린 자아. 그것은 나였다.

나는 알 수 없었다. 내가 그 아이를 낳은 것인지, 아니면 그가 나를 삼킨 것인지. 시간이 지날수록 그 존재는 나에게 더욱 깊게 달라 붙었다. 어찌할 수 없을 정도로,

나는 저항했다. 그것은 달라붙었다. 반복이었다. 내 몸은

그 기괴한 기생체와 인간 사이에서 갈피를 잡지 못할 정도로 기이한 형상을 띄게 되었다,

나는 결국 내 몸을 도려내기로 결심했다. 그가 나를 잠식한 이상, 나와 그를 분리하는 유일한 방법은 칼날이었다. 그것은 일종의 마지막 저항이었다.

칼을 손에 쥐었을 때, 그 금속의 차가움이 뼛속까지 스며들었다. 손끝은 떨렸지만, 그것이 공포 때문은 아니었다. 떨림은 내 몸 안에서 일어난 미세한 반발이었다. 그의 손길이었다. 보이지 않는 그의 손이 내 손가락을 감싸며 칼을 빼앗으려는 듯했다.

"그만둬." 목소리가 들렸다. 그것은 내 입에서 나온 것이 아니었다. 목구멍 깊숙한 곳에서 끓어오르듯 울려 나왔다. 내 목소리가 아니라 그의 것이었다.

칼날을 겨눈 곳은 복부였다. 피곤한 살갗 위로 칼끝이 닿자, 피부는 마치 오래된 천처럼 천천히 갈라졌다. 처음엔 희미한 선으로 시작된 자국이 곧 빨간 선으로 물들었다. 피가 줄기처럼 흘러내리자, 안쪽에서 마치 벌레 같은 작은 촉수들이 모습을 드러냈다. 그것들은 살 속에서 꿈틀거리며 나를 막으려는 듯 칼날에 감겨들었다.

복부의 갈라진 틈새로 더 많은 촉수가 뻗어 나왔고, 그것들은 내 손목을 붙잡으며 칼을 밀어내려 했다. 나는 이를 악물고 칼을 깊숙이 밀어 넣었다. 살점과 피, 그리고 그것을 부수는 칼날의 비명이 내 귀를 채웠다.

그러나 그럴수록 내 몸속에서 무언가가 살아 움직였다. 갈라진 틈에서 나온 것은 단순히 피와 근육이 아니었다. 그것은 검고 미끈거리는 덩어리로, 내 안의 공간을 차지한 기생체였다. 그것은 칼을 감싸는 동시에 내 손목을 타고 올라오며 내 팔뚝에 자리 잡으려 했다. 나는 그 덩어리를 손으로 떼어내려 애썼지만, 그것은 이미 내 살과 융합되기 시작했다.

칼을 뽑아 다시 찔렀다. 이번엔 가슴 쪽으로. 갈라진 흉골 사이로 나를 파고든 기생체가 드러났다. 그것은 마치 무수한 뿌리 같은 신경과 근육으로 나를 잠식하고 있었다. 그 뿌리들은 내 심장을 감싸고 있었고, 내가 칼을 움직일 때마다 내 심장박동에 맞춰 펄떡였다.

나는 마지막 힘을 짜내 칼을 더 깊이 밀어 넣었고, 그 순간 내 온몸에서 불꽃처럼 고통이 터져 나왔다. 피는 이제 더 이상 흐르는 것이 아니라 폭발하듯 튀어 나왔다. 칼끝에 걸린 덩어리들은 내 신체 일부처럼 질기게 저항했다.

내 시야는 점점 흐려져 갔다. 칼날 끝에 걸린 그것이 내가 자르고 있는 것인지, 아니면 나 자신을 찢어내고 있는 것인지 구분할 수 없었다. 마지막으로 나는 거울을 보았다. 그것은 내 얼굴이 아니었다. 그것은 그의 얼굴이었다. 아버지의 얼굴이었다.

나는 웃었다. 그것은 아버지의 웃음이었다. 그리고 그 웃음과 함께 나는 어둠 속으로 사라졌다.

그 후로 나는 존재하지 않는다. 그 아이, 아니, 그 괴물은 나의 자리를 차지했다. 그는 나의 이름으로 살아가고 있다. 나는 단지 그의 기억 속에 존재하는 또 다른 유령일 뿐이다.

그러나 나는 아직도 묻고 싶다. 누가 누구를 낳았는가? 나는 그를 만들어냈는가, 아니면 그는 나를 삼켜버렸는가?

어쩌면 우리는 같은 존재였을지도 모른다.

폭소

가게 문을 열 때마다 울리는 종소리가 내 귓속에 작고 날카로운 비수를 꽂았다. "땡–땡", 이 소리는 내가 여기 있을 이유가 없다는 것을 조롱하듯 되뇌고 있었다. 나는 무언가를 사야 할 것처럼 보이기 위해 일부러 비닐봉투를 들고 있었지만 그 봉투는 텅 비어 있었고, 텅 비었다는 사실 자체가 너무도 선명하게 나를 드러냈다.

내가 찾는 그녀는 언제나 저쪽에 있었다. 계산대 뒤, 흰 앞치마를 두른 채로 고요히 서 있는 모습은 조금의 과장을 보태자면 성화 속 성모마리아를 연상케 했다. 그녀는 유리벽 안에 갇힌 사람처럼, 이 세계에 속하지 않는 듯 보였다. 그녀의 손길은 부드럽고 섬세했으며, 작은 거스름돈을 계산기에 두드리는 순간마저도 하나의 리듬처럼 느껴졌다. 나는 그것을 음악처럼 듣곤 했다.

그녀를 보는 동안 내 마음은 묘한 고통으로 찔렸다. 그

48

것은 기쁨과 죄책감, 갈망과 두려움이 뒤섞인 감정이었다. 나는 이곳에 있는 이유에 대해서 스스로를 변명하기에 바빴다. 어쩌면 우유가 다 떨어졌을지도 몰라, 어쩌면 빵 한 조각이 필요할지도 몰라. 그렇게 나 자신을 속이며 그녀를 보러 왔다.

그날도 나는 그녀를 보기 위해 어슬렁거렸다. 선반 사이를 돌며 내가 이 공간에 자연스럽게 존재한다는 듯 행동하려 했지만, 내 동작은 어색하고 지나치게 느렸다. 그녀의 시선이 나에게 향하지 않을 때만 나는 감히 그녀를 바라볼 수 있었다. 그녀가 거스름돈을 건네줄 때, 나와 그녀의 손이 스치기라도 하면 내 심장이 요동치는 소리가 내 귀를 찢었다.

그 순간들이 내 삶의 구원이었고, 또한 질망이었다. 그녀는 아무것도 모른다. 내가 그녀를 얼마나 바라보는지, 그녀를 보기 위해 얼마나 많은 시간을 쏟아붓는지. 그녀의 눈은 나를 통과할 뿐이었다.

계산대 앞으로 걸어가며 나는 고작 우유 한 병을 손에 들고 있었다. 아무 생각 없이 집은 것인데도, 그것이 내가 가진 모든 희망과 비참함을 담고 있는 것 같았다. 그녀가 나를 보고 미소 지을 때, 나는 그것이 진정한 친절인지, 아니면 단순한 의무인지 알 수 없었다. 그것이 더 나를 미치게 했다.

"이거면 되시죠?" 그녀의 목소리는 밝았고, 맑았으며, 내가 기억할 수 있는 유일한 멜로디였다. 나는 무슨 말을 해야 할지 몰랐다.

"예… 이거면 충분해요." 충분할 리 없었다.

그녀는 미소를 지으며 돈을 받았다. 그리고 나는 너무 오랜 시간 그녀의 얼굴을 바라보지 않으려 애썼다. 이미 나 자신이 너무 드러나 있는 것처럼 느껴졌다.

가게를 나서며, 다시 울리는 종소리. "땡-땡". 나는 그녀를 보러 왔다가 아무것도 얻지 못한 채 떠나야만 했다. 가슴 속엔 공허가 가득 찼지만, 어딘가 만족스러운 나 자신이 있었다. 나는 여전히 나를 속이고 있었다.

집으로 돌아오는 길은 언제나 더 길게 느껴졌다. 거리는 고요했고, 가로등 아래에 쌓인 눈은 바퀴 자국과 발자국으로 지저분해져 있었다. 그 풍경은 내가 느끼는 것과 똑같았다. 맑았던 순간은 이미 지나가고, 이제 남은 것은 시간의 무게에 짓눌린 흔적들뿐. 나는 그녀의 미소를 떠올리며 한 걸음 한 걸음 집으로 향했다. 그 미소는 나를 가볍게 하면서도 동시에 나를 짓눌렀다.

현관문을 열자 익숙한 공기가 나를 맞이했다. 그것은 집의 냄새라기보다는 멈춰버린 시간의 냄새였다. 내가 가진 시간은 이곳에서 모두 갇혀 버렸다. 그녀의 웃음, 그녀의 손길, 그녀의 목소리가 어딘가에 살아 있다면, 이 집은 그 모든 것을 잃어버린 공간이었다.

아내는 거실 소파에 앉아 있었다. 그녀의 머리카락은 헝클어져 있었고, 눈은 반쯤 감겨 있었다. 텔레비전 화면에서 흐르는 빛이 그녀의 얼굴을 푸르게 물들였다. 그녀는 내가 돌아왔다는 사실조차 알아채지 못했다. 아니, 알아챘지만 아무 말도 하지 않았다. 침묵이 우리의 대화가 된 지 오래였다.

"다녀왔어."

내가 인사를 했지만, 그녀는 고개를 끄딕일 뿐이었다. 대답은 없었다. 몇 년 전만 해도 그녀는 내가 집에 들어올 때마다 부엌에서 뛰어나와 반갑게 맞아주곤 했다. 이제는 나도 더 이상 그 인사를 기대하지 않았다.

나는 부엌으로 가서 물을 한 잔 마셨다. 그녀와 나는 거의 말을 하지 않았다. 우리의 대화는 일상의 필요에 의해 가끔씩 이루어졌을 뿐이었다. "내일 장 좀 봐야겠어." "세탁기가 고장 났어." 이런 종류의 대화는 더 이상 우리의 관계를 살리지 못했다. 오히려 그 관계의 죽음을 더 선명하게 했다.

그녀를 사랑했던 때가 있었다. 처음 만났을 때의 그녀는 생기와 활기로 가득 차 있었다. 나는 그녀에게 매혹되었고, 그녀도 나에게 그랬다. 하지만 지금의 우리는 서로의 시선조차 마주하지 못했다. 침묵과 권태가 우리를 잠식했다. 우리는 서로의 존재를 감내하며 살아가는 동거인에 불과했다.

나는 그녀를 사랑할 수 없는 이유가 그녀 때문이라고 생각하지 않았다. 그건 나 때문이었다. 나는 그녀를 사랑할 만큼 강하지 않았다. 나는 그녀를 처음 만났을 때의 이상화된 모습만 사랑했을 뿐, 시간이 흐르면서 나타난 현실의 그녀를 감당할 자신이 없었다. 그녀도 나를 똑같이 느꼈으리라.

식료품점 아가씨를 바라보며 느꼈던 설렘은 현실로 들어오지 못했다. 내가 그녀를 사랑할 수 없는 이유는 단순했다. 나는 이미 이곳에 묶여 있었다. 결혼이라는 족쇄, 의무라는 무게, 그리고 도덕적 죄책감. 나는 자유롭고 싶어 했지만, 그 자유가 내 손에 닿을 때면 나는 두려움으로 손을 거두었다.

잠자리에 들기 전, 나는 아내의 옆에 누웠다. 그녀는 등을 돌린 채 잠들어 있었다. 나는 그녀의 체온을 느낄 수 있었지만, 그 체온은 나를 위로하지 못했다. 그 식료품점 아가씨가 내 옆에 누워 있었다면 달랐을까? 나는 쉽게 대답할 수 없었다. 아마도, 아니면 아니었을지도 모른다.

그저 어둠 속에서 눈을 감으며 나는 생각했다. 나는 그녀를 사랑할 수 없고, 아내를 사랑할 수도 없다. 결국, 나는 누구도 사랑할 수 없는 사람일지도 모른다.

그녀와 가까워지는 일은 생각보다 자연스러웠다. 처음에는 짧은 인사였다. "안녕하세요." 그녀는 밝게 미소를 지었고, 그 미소는 어두운 내 하루에 작은 빛을 남겼다. 그다음엔 날씨 이야기. "오늘 참 춥죠?" 그녀는 내 말에 고개를 끄덕이며 말했다. "그러게요. 이러다 눈이 올 것 같아요." 그런 대화들이 계속되면서, 우리 사이에 작은 틈새가 생겼다. 그 틈새를 나는 점점 더 넓히고 싶었다.

어느 날, 나는 용기를 내어 말을 건넸다. "여기서 일 오래 하셨어요?" 그녀는 손을 멈추고 나를 바라봤다. "1년 조금 넘었어요. 왜요?"

"그냥, 익숙해 보여서요. 손님들 얼굴도 다 외우는 것 같고요." 그녀는 웃었다. "외우려고 하는 건 아닌데, 자주 오시는 분들은 자연히 기억하게 되더라고요."

그 말이 내 귀에 맴돌았다. 자주 온다고? 그녀는 내가 자주 온다는 것을 알고 있었다. 나는 그 사실에 기쁨과 부끄러움을 동시에 느꼈다. 나를 인지하고 있었다는 사실이 좋았지만, 동시에 그것이 나의 의도를 들킨 것 같아 창피하기도 했다.

그날 이후, 나는 더 자주 가게에 들렀다. 때로는 정말 살 것이 있어서, 때로는 아무 이유 없이. 내가 무언가를 사지 않아도 그녀는 불평하지 않았다. 그녀는 내가 어떤 말을 건네든 웃으며 대답했다. 그녀의 웃음은 나를 이끄는 빛이었다.

하지만 그 빛은 나를 둘러싼 어둠을 지울 수 없었다. 집으로 돌아가면, 나는 아내의 눈을 마주할 수 없었다. 그녀가 나를 의심하지 않는다는 사실이 나를 더 괴롭게 했다. "오늘은 왜 이렇게 늦었어?" 아내는 별생각 없이 물었다. 나는 거짓말을 했다. "일이 좀 많았어."

내 목소리는 너무 자연스러워서 스스로도 놀랐다. 거짓말이 점점 쉬워지고 있었다. 아내가 믿어주기를 바라는 동시에, 그녀가 내 거짓말을 알아채길 바랐다.

나는 식료품점 아가씨와 점점 더 가까워졌다. 그녀는 나를 "특별한 손님"이라고 부르며 작은 간식을 선물로 주기도 했다. 초콜릿 한 조각, 사탕 하나. 그녀의 손길이 닿은 그 것들은 나에게 금보다 귀중했다.

"이건 뭐예요?"

"그냥요. 늘 와 주시니까요."

그녀의 사소한 배려가 나를 더 깊은 수렁으로 끌고 갔다.

그러나 그럴수록 나는 아내에게 더 많은 거짓말을 해야 했다. 퇴근 후에도 집으로 바로 돌아가지 않았다. 그녀를 보기 위해 시간을 끌었다. "회식이 있어.", "지금 거래처 미팅 중이야." 따위의 핑계를 대며 나는 그녀와 더 많은 시간을 보내기 위해 발버둥 쳤다. 그러면서도, 이 모든 일이 들통날까 두려워했다.

어느 날, 그녀가 말했다. "가끔 이렇게 오시는 거 보면, 가족분들 걱정 안 하세요?" 그녀의 질문은 예상치 못한 곳을 찔렀다. 나는 잠시 멈칫했다.

"저... 별로 상관없어요. 저는 그냥 시간이 많거든요."

나는 답하며 내 스스로가 한심하게 느껴졌다. 하지만 그녀는 아무렇지 않게 웃으며 고개를 끄덕였다. "그렇군요. 어쨌든, 이렇게 자주 봬서 좋아요."

그녀의 말은 내 마음에 무거운 돌처럼 떨어졌다. 나는 그녀와 가까워지고 싶었지만, 가까워질수록 아내의 얼굴이 떠올랐다. 내가 집으로 돌아갈 때마다 아내는 여전히 나를 기다리고 있었다. 그 기다림이 내게 가책으로 다가왔지만, 이상하게도 나는 그 가책마저 외면하고 싶었다.

나는 그녀에게로 더 깊이 빠져들고 있었다. 하지만 동시에, 나는 아내와의 결혼 생활 속에서 내 의무를 저버리지 않으려 애쓰고 있었다. 두 세계 사이에서 나는 조금씩 부서지고 있었다.

그날은 이상하게도 시간이 느리게 흘렀다. 식료품점에서 그녀와의 대화는 유난히 길게 이어졌다. 그녀의 얼굴은 더 환하게 보였고, 말투는 더 부드러웠다. 계산을 마치고 내가 돌아서려는 순간, 그녀가 내게 말을 걸었다.

"오늘 저녁에 뭐 하세요?"

나는 잠시 멈췄다. 생각지 못한 질문에 심장이 한 박자 늦게 뛰었다. "저녁이요?"

"네. 저녁에 할 일 없으시면, 저희 집에 오실래요? 요리하는 걸 좋아해서요. 대접하고 싶어요."

그녀의 말에 나는 멍해졌다. 그녀의 초대는 예상치 못한 것이었고, 동시에 내가 무의식적으로 기다리고 있었던 순간이었다. 나는 동의하려 했지만, 입이 움직이지 않았다. 몇 초의 침묵이 흘렀다.

"어... 제가 오늘 저녁은..."

"생각 있으시면 시간 맞춰 오세요. 저녁 7시쯤."

그녀는 부드럽게 웃으며 말했다. 나는 얼떨결에 고개를 끄덕이고 가게를 나왔다.

집으로 돌아오는 길 내내 그녀의 말이 머릿속을 떠나지 않았다. '저녁 7시.' 하지만 그와 동시에 아내가 떠올랐다. 지난주, 그녀는 말없이 나를 지나치며 이렇게 말했었다.

"다음 주 금요일, 우리 같이 저녁 먹자. 오랜만에."

나는 고개를 끄덕이며 대수롭지 않게 대답했었다. 하지만 지금, 그 약속은 내게 짐처럼 느껴졌다.

시간은 흐르고 저녁 6시가 가까워졌다. 나는 거실 창밖을 바라보며 그녀의 초대와 아내의 제안 사이에서 갈팡질팡했다. 아내는 부엌에서 음식을 준비하고 있었다. 그녀는 오랜만에 예쁜 원피스를 입고, 머리도 정성껏 정리했다. 그녀의 뒷모습은 묘하게 쓸쓸했다.

"곧 먹을 준비 다 됐어." 그녀는 뒤를 돌아보며 말했다.

나는 순간 무언가를 결정한 듯 일어섰다.

"나 잠깐 바람 좀 쐬고 올게."

내가 코트에 팔을 끼우는 순간, 그녀의 목소리가 날카롭게 나를 붙잡았다.

"어디 가는 거야?"

나는 잠시 멈췄다. 고개를 돌리지 않은 채 대답했다.

"잠깐 나갔다 올게."

"잠깐? 지금이 몇 시인지 알아?" 그녀의 목소리가 높아졌다.

"저녁 약속했잖아. 오랜만에 같이 먹자고 했잖아."

"알아. 근데…"

"근데 뭐? 왜 이렇게까지 못 견뎌?" 그녀는 내 쪽으로 걸어왔다. 목소리는 떨리고 있었다.

"내가 이렇게까지 얘기하는데, 어떻게 오랜만에 제안한 저녁마저 거부할 수 있어?"

나는 아무 말도 하지 못했다. 그녀의 눈은 충혈되어 있었다. 그 눈 속에 있는 분노와 슬픔은 도망칠 구멍을 찾으려는 나를 더 옥죄었다. 나는 차마 발을 떼지 못했다.

"됐어." 그녀는 짧게 말했다.

"뭐?"

"됐다고. 네가 뭘 생각하고 있는지 이제 알겠어. 더 이상 네가 필요 없을지도 모르겠다." 그녀의 목소리는 처음으로 평정심을 잃은 듯했다.

"…이혼하자."

그 말이 떨어지자마자, 방 안 공기는 순식간에 얼어붙었다. 나는 그녀의 얼굴을 바라봤다. 충혈된 눈, 굳게 다문 입술, 떨리는 손끝. 모든 것이 진지했다. 그녀는 정말로 끝내고 싶어 했다.

그런데, 그때였다. 내 안에서 주체할 수 없는 웃음이 터져 나오기 시작했다. 처음에는 목구멍 깊숙이 갇혀 있던 기침 같은 소리였다. 하지만 그것은 곧 스스로 길을 찾았고, 내 입 밖으로 쏟아져 나왔다. 나는 웃었다. 멈출 수 없었다.

"뭐가 그렇게 웃겨?" 그녀가 말했다. 목소리는 흔들리고 있었다. 그녀의 표정은 충격과 분노로 일그러졌다. 하지만 나는 대답할 수 없었다. 웃음이 끊임없이 나를 휘감고 있었기 때문이다. 내 몸은 그녀 앞에서 떨리고 있었고, 웃음소리는 더 크게 울려 퍼졌다.

"진짜로 웃는 거야? 지금 이 상황이 웃긴 거야?" 그녀는 한 발 다가오며 소리쳤다. 나는 고개를 저었지만, 내 입은 여전히 웃음을 멈추지 못했다.

나는 왜 웃고 있는지에 대해 명확히 알 수 없었다. 그러나 그 웃음의 원흉이 어디서 왔는지는 분명했다. 그것은 내 안에 뒤섞인 수많은 감정들의 폭발이었다. 아내와의 결혼 생활이 끝난다는 해방감, 그리고 그 해방이 주는 깊은 죄책감. 무엇보다도, 이제 나는 식료품점 아가씨의 초대에 응할 수 있다는 환희 때문이었다. 나는 도덕의 족쇄에서 풀려난 자신을 비웃고 있었고, 동시에 그 족쇄가 사라진 순간 느껴지는 가벼움에 취해 있었다. 그것은 삶의 가장 비참한 모순이었다. 나는 잃어버림으로써 얻고 있었고, 파멸로 인해 삶이 새롭게 열리는 듯한 착각에 빠져 있었다. 그것은 내 안의 모든 것을 끌어올렸다. 이웃집 사람들이 들을 정도로 웃음은 점점 더 커졌다.

그녀는 나를 노려보았다. 마치 처음 보는 사람을 대하듯. 그 눈빛 속에는 의심과 실망, 그리고 한 줌의 슬픔이 담겨 있었다. 그녀는 나를 미친 사람으로 여기고 있는 것 같았다.

"넌 진짜 최악이야." 그녀는 낮게 중얼거렸다. 목소리는 차갑고, 칼처럼 날카로웠다.

나는 그녀의 말을 들으면서도 웃음소리를 삼키지 못했

다. 내 안에 쌓였던 모든 억압과 후회, 분노와 무기력이 한꺼번에 터져 나온 것 같았다. 이 모든 순간이, 나의 삶이, 우리 결혼이 우스꽝스럽게 느껴졌다.

"좋아. 웃어. 마음껏 웃으라고." 그녀는 등을 돌려 방으로 들어갔다. 문이 쾅 닫히는 소리가 울렸다.

나는 텅 빈 거실 한가운데에 서서 웃음을 억누르려고 애썼다. 하지만 웃음은 내 안에서 멈추지 않았다. 고요한 방 안에 남은 것은 나의 폭소뿐이었다.

웃음이 잦아들 때쯤, 나는 거울 속에 비친 내 모습을 보았다. 웃음으로 일그러진 얼굴은 무섭도록 공허했다. 눈물인지 웃음 때문에 흐른 것인지 알 수 없는 물기가 내 뺨을 타고 흘렀다. 그때 문득 깨달았다. 나는 이 순간을 기다리고 있었던 것일지도 모른다. 끝이 찾아오기를, 파멸이 내 앞에 서기를.

마지막 식사

어둡고 협소한 감방. 방 한쪽에 간소한 침대와 테이블이 있고, 쇠창살이 무대를 가로지르고 있다. 빛은 창살 사이로 희미하게 들어오며, 무대 전체는 우중충한 회색 톤으로 물들어 있다.

알프레드는 침대에 앉아 벽을 바라보고 있다. 밥이 문을 열고 들어오며 활기찬 목소리로 알프레드에게 말을 건다.

밥: 알프레드! 기쁜 소식이야! 자네, 드디어 모범수로 뽑혔어. (웃으며) 이제야 내가 자네가 괜찮은 사람이란 걸 모두에게 증명했군.

알프레드: (뒤를 돌아보며 가볍게 미소짓는다.) 그렇군. 모범수라... 죽음을 앞둔 죄수에게 주어지는 마지막 영광인가?

밥: (어색하게 웃으며) 뭐, 그렇게 비꼬지 말라고. 그래서 오늘, 특별한 포상이 내려졌어. 자네의 마지막 식사 말이야. 제한 없어. 무엇이든 원하는 걸 전부 준비해줄 거야.

알프레드: (고개를 끄덕이며 잠시 생각에 잠긴다.) 무엇이든… 준비해줄 수 있다라. 흥미롭군.

밥: 그래! 어떤 음식이든, 자네가 평생 꿈꿨던 그 무엇이든. 말만 하면 바로 준비할 테니 생각해봐.

알프레드:(눈을 감고 조용히 말한다.) 밥, 정말 무엇이든 상관없나?

밥: (자신만만하게) 물론이지. 자네가 요구하는 건 뭐든지 들어줄 테니까!

알프레드: (천천히 고개를 들며 밥을 바라본다. 눈빛이 차갑다.) 내가 너의 고기를 원한다고 말한다면?

순간적으로 공기가 무겁게 가라앉는다. 밥은 웃으려 하지만 입꼬리가 떨린다.

밥: (신경질적으로 웃으며) 알프레드, 농담이 지나치잖아.

알프레드: (미소를 지으며 천천히 자리에서 일어난다.) 농담 같나? 밥, 네가 나에게 제공할 수 있는 가장 값진 음식이 바로 너라는 생각은 안 해봤나?

밥: (당황하며 뒤로 물러선다.) 알프레드, 장난이라도 이런 농담은 그만둬. 우린 친구잖아.

알프레드 :(가까이 다가가며 속삭이듯 말한다.) 밥, 마지막 식사라고 하지 않았나? 죽음 앞에서는 모든 것이 진실로 드러나게 되어 있지. 이제, 너의 진실을 보여줘.

밥은 알프레드의 말에 당황한 채 잠시 침묵하다가 억지로 태연한 척 웃는다.

밥: 알프레드, 정말 지나친 농담이야. 네가 왜 이런 말을 하는지 모르겠지만… (진지하게) 자네도 잘 알잖아. 난 너에게 그런 의미가 아니야.

알프레드: (천천히 고개를 갸웃하며) 어떤 의미로? 밥, 우리가 친구라면 왜 네가 나의 요구를 거절하는 거지? 내가 단지 음식을 원한다고 했을 뿐인데.

밥: (당황하며) 사람이 음식을 넘어서는 요구를 하면 안 되지. 네가 말한 건… 상식 밖의 일이잖아.

알프레드: (웃음기 없이 응시하며) 상식 밖이라… 죽음 앞에서 상식이 무슨 의미가 있지? 상식이 네 두려움을 잠재울 수 있나? 아니면 네 목숨을 보장해 주나?

밥: (숨을 삼키며 뒤로 한 발 물러선다.) 알프레드, 자네는 죽음을 받아들였다고 하지만, 이런 식으로 농담처럼 말하는 건… 틀렸어.

알프레드: (조용히 웃으며) 밥, 네가 그렇게 두려워하는 건 죽음이 아니라, 내가 하는 말을 통해 드러나는 네 자신의 본질이야.

밥: (방어적으로) 내 본질이라니? 난 그냥 평범한 간수야. 내일은 네가 마지막 순간을 최대한 편하게 보내게 돕는 거라고.

알프레드: (천천히 밥에게 다가가며) 네 본질은 평범하지 않아, 밥. 너는 매일 이곳에서 죽음을 본다. 사형수들을 돌보며, 그들이 맞이할 운명을 준비하지. 하지만 정작 네가 죽음을 바라보는 눈은 닫혀 있어.

밥: (목소리가 떨리며) 그게 무슨 말이야? 난 단지 내 일을 하는 거야.

알프레드: (낮게 웃으며) 일을 한다고? 네 일이란 죽음을 옆에서 지켜보는 거다. 하지만 네가 정말로 그것을 이해한 적은 없지. 밥, 죽음은 네 일상이야. 하지만 네게 그것은 추상적이고, 먼 것일 뿐이야.

밥은 알프레드의 말에 점점 더 불편해하며 좌우를 살핀다

밥: (차분히 말하려 하지만 목소리가 떨린다.) 자네는 나와 달라. 나는 아직 살아 있고, 죽음을 맞이할 준비는 하지 않아도 돼.

알프레드: (눈을 빛내며) 그렇다면 밥, 만약 내가 지금 네게 그 죽음을 가져온다면? 준비되지 않은 상태로 말이야. 네 목숨을 마지막 식사로 선택하는 건 내가 가진 유일한 자유야. 그렇다면 넌 무엇을 느낄까?

밥은 공포에 질려 뒷걸음질 친다. 알프레드는 그를 바라보며 미소를 짓는다.

밥:(불안하게) 자네, 진심으로 그런 생각을 하는 거야?

알프레드: (차분하게) 진심이 아니면 뭐가 중요하지? 네가 지금 느끼는 이 두려움… 그것이 진짜야. 그건 네가 숨겨왔던 진실이고, 죽음이 네 눈앞에 서 있을 때만 드러나지.

밥은 한동안 침묵하며 알프레드의 말에 압도당한다. 감방 안은 숨소리만 들릴 정도로 고요하다.

밥: (속삭이듯) 죽음이란… 정말로 그렇게 가까운 걸까?

알프레드: (조용히 미소지으며) 밥, 죽음은 항상 여기에 있어. 우리와 함께 걸으며, 우리가 멈추기를 기다리지.

알프레드: (차분하지만 섬뜩한 미소를 지으며) 내 말 한 마디면 넌 바로 죽음이야, 밥. 그걸 기억해.

알프레드는 밥을 똑바로 응시하며 말을 멈춘다. 감방 안의 공기가 얼어붙은 듯한 정적 속에서 밥은 말을 잇지 못하고 뒤로 물러난다. 알프레드는 한 걸음 더 다가가며 목소리를 낮춘다.

알프레드: 죽음이란 그렇게 간단한 거야. 말 한 마디로 찾아올 수 있는, 어쩌면 이미 여기 있는 것. 그러니 밥, 넌 언제까지나 내가 그 말을 하지 않기를 바라며 살겠지.

밥은 떨리는 손으로 쇠창살을 잡고 서 있다. 알프레드는 다시 침대에 앉으며 고요한 미소를 띤다.

알프레드와 밥은 정적 속에서 서로를 응시한다. 밥은 침묵을 깨려 하지만 목소리가 잘 나오지 않는다.

밥: 알프레드… 자네는 정말로… 그런 말을 할 수 있다고 생각하는 건가?

알프레드: (침착하게) 내가 그 말을 한다면, 그 순간 네가 느끼는 건 무엇일까? 밥, 넌 지금도 죽음이 너와 얼마나 가까이 있는지 모르는 듯해.

밥: (떨리는 목소리로) 넌 그럴 리 없어. 우린… 친구잖아.

알프레드: (웃으며) 친구? 그렇다면 밥, 죽음과도 친구가 될 수 있을까? 너와 내가 죽음을 이토록 가까이 두고도 친구라는 건… 어쩌면 진정한 모순일지도 몰라.

밥은 한 걸음 물러서더니 뒤쪽 문으로 향하려 한다. 하지만 알프레드는 침대에서 일어나 천천히 다가온다.

알프레드: (조용히)그만 가려는 건가? 나와의 마지막 대화

를 이렇게 끝낼 셈이야?

밥: (멈춰 서서 돌아보며) 알프레드, 자네는 정말 죽음을 두려워하지 않는 거야?

알프레드: 두려워하지 않아. 하지만 두려워하지 않는다고 해서 죽음을 사랑하는 건 아니지. 밥, 난 죽음과 협상할 뿐이야.

밥: 협상? 누구와 협상할 수 있다는 거지?

알프레드: (미소를 지으며) 너와 함께, 나 자신과 함께. 그리고 지금 이 순간을 통해. 밥, 이 방 안에서 죽음을 결정짓는 건 네가 아니라 나야.

알프레드는 밥을 뚫어지게 바라본다. 밥은 그의 말에 압도당해 한동안 움직이지 못한다. 감방 안의 공기는 점점 더 무거워진다.

밥: (작은 목소리로) 그럼… 네가 결정한 건 뭔데?

밥은 알프레드의 말을 이해하지 못한 듯한 표정을 짓는다. 바로 그 순간, 감방 바깥에서 누군가 다가오는 발소리가 들린다. 문이 열리고 다른 간수가 들어온다.

그는 짧게 알프레드를 바라보다가 밥에게 고개를 돌린다.

간수: 알프레드, 자네의 마지막 식사는 요청대로 아무것도 준비하지 않았네. (잠시 멈춘다.) 단, 자네가 요구한 대로 조기 집행이 가능해졌어.

그는 짧게 고개를 숙이고 아무 말 없이 방을 나간다. 문이 닫히는 소리가 울린다. 감방 안은 정적에 휩싸인다. 밥은 멍하니 서 있다가, 천천히 알프레드를 바라본다.

밥: (믿을 수 없다는 듯) 조기 집행이라니… 그게 무슨 말이지?

알프레드: (천천히 미소를 지으며) 말 그대로야, 밥. 내 마지막 순간을 네 손으로 마무리 짓게 되었다는 거지.

밥은 말을 잇지 못하고 침을 삼킨다. 그의 손이 미세하게 떨리기 시작한다.

밥: (억지로 침착하려는 목소리로) 이건 계획에 없었잖아… 이건 내가 해야 할 일이 아니야.

알프레드: (침대에 앉아 몸을 기대며) 밥, 죽음 앞에서 계획이라는 게 무슨 의미가 있지? 중요한 건 내가 지금 나의 마지막 선택을 이행해야 한다는 거야.

밥: (고개를 저으며) 안 돼. 난 그런 짓 못 해.

알프레드: (눈빛이 차가워지며) 밥, 너는 항상 나를 '친구'라고 불렀지. 하지만 진짜 친구라면, 내가 원하는 마지막 부탁을 들어줘야 하는 것 아닐까?

밥은 떨리는 손으로 머리를 감싸며 고개를 숙인다. 알프레드는 자리에서 천천히 일어나 밥에게 다가간다.

알프레드: (낮게, 그러나 단호하게) 네가 이걸 거부한다면, 밥… 너와 나 사이에 있던 모든 건 거짓이 되어버려. 친구도, 동정도, 약속도.

밥: (고개를 들어 알프레드를 바라보며) 그만해, 알프레드. 이런 말로 날 흔들려 하지 마. 난 단지… 난 단지 내 일을 할 뿐이야.

알프레드: (웃음기 없는 목소리로) 네 일? 네 일은 내가 조용히 사라지도록 돕는 거야. 그리고 지금, 그 순간이 온 거지.

밥, 선택해. 내 마지막 순간을 네가 책임질 건지, 아니면 넌 여기서 도망칠 건지.

밥은 한참 동안 말없이 서 있다가, 결국 한 걸음 뒤로 물러선다. 그러나 알프레드는 한 걸음 더 다가서며 그의 눈을 뚫어지게 바라본다.

알프레드: (속삭이듯) 네가 도망친다면… 네가 진짜로 두려워하는 건 죽음이 아니라, 그걸 마주하지 못하는 네 자신이라는 걸 모두가 알게 되겠지.

밥은 알프레드의 말을 듣고 몸이 굳는다. 방 안의 공기는 한층 무겁게 가라앉고, 긴 침묵이 흐른다.

밥: (작은 목소리로) 정말로… 이걸 원하는 거야?

알프레드: (미소를 지으며) 밥, 마지막으로 부탁할게. 내 마지막 자유를 존중해줘.

밥은 알프레드의 말에 깊은 한숨을 쉬며, 천천히 결심한 듯 행동을 시작한다.

．

．

．

집행장에 안대를 쓴 한 남자와 그에게 총구를 겨눈 간수가
보인다. 간수는 손을 덜덜 떨며 방아쇠에 손을 얹는다.

부검

모든 것은 살갗 아래에 진실이 있다. 정윤은 이 문장을 스스로에게 되새기며 메스를 들었다. 부검대 위에 누운 시신은 고요했다. 얇게 드리운 조명 아래, 피부는 차갑고 투명한 막처럼 보였다. 죽음의 평온함 속에서, 그는 진실의 단서를 찾기 위해 그 표면을 가르고자 했다.

"마약 중독으로 보이는 징후가 일부 있습니다. 동공 축소와 손끝의 색 변화를 확인했습니다." 정윤은 테이프 녹음기에 단호히 말했다. 그는 한순간도 주저하지 않았다. 이 시체는 고위 정치인이었다. 그가 생전에 무엇을 숨겼는지는 이제 중요하지 않았다. 정윤의 메스 앞에서는 모든 비밀이 무너질 터였다.

그는 절개 부위를 가로지르며 피부를 조심스럽게 들어올렸다. 피하지방층 아래의 근육은 한낱 죽은 살덩이에 불과했지만, 그 안에는 복잡한 이야기가 담겨 있었다. 지방의 색

조와 두께, 혈관의 미세한 파열까지 모든 것이 그날의 사건을 증언하고 있었다.

"간 표면에 미세한 회색 반점이 있습니다. 흔히 메트암페타민 과다 섭취로 나타나는 흔적입니다. 혈관의 경화도 진행된 상태." 그는 간 조직을 일부 채취하며 덧붙였다. "심한 중독 상태였을 가능성이 높습니다."

정윤의 손은 결코 떨리지 않았다. 그는 흉골을 절단하는 전동톱을 집어 들었다. 날카로운 진동음이 공기 중에 울렸고, 그와 함께 시체의 내부가 모습을 드러냈다. 폐, 심장, 간, 그리고 쓸개까지 모두가 그날의 진실을 증언하는 침묵의 증인들이었다.

"폐 표면에 약한 출혈 흔적과 부종이 관찰됩니다. 급성 마약 과다복용으로 인한 폐부종 가능성." 그는 정확히 기록하며 메스를 내려놓았다. 그 안에서 느껴지는 것은 과학적 흥미 이상의 것이었다. 그는 매 순간 죽음의 무게를 느끼고 있었다. 이 권력자는 무엇을 숨기려 했던가? 그가 중독에 빠진 이유는 무엇이었을까? 무엇이 그를 죽음으로 몰아넣었는가?

그의 시선은 마지막으로 심장 부위에 멈췄다. 심장은 이미 기능을 멈춘 채 조용히 가라앉아 있었다. 그러나 그 주변 혈관들, 특히 대동맥의 손상된 흔적들은 정윤에게 무언가를 속삭이고 있었다. "마약의 급성 독성 반응으로 인해 심장이 멈췄을 가능성이 높습니다."

부검대 위의 정치인은 이제 더 이상 권력을 쥔 자도, 부와 명성을 탐했던 자도 아니었다. 그는 단순히 내부를 열어보면 모든 것이 드러나는 구조물에 불과했다. 그러나 그 내부가 증언하는 진실은 정윤에게 깊은 생각을 남겼다.

메스를 닦으며 정윤은 되뇌었다. "살갗 아래에는 거짓말이 없다. 그러나 진실을 보는 자는, 그 진실의 무게를 견뎌야 한다." 그는 의료용 장갑을 벗고 부검실을 나섰다. 진실을 기록한 그의 손에는 피가 묻어 있지 않았지만, 마음에는 무엇인가 더 무거운 것이 내려앉아 있었다.

부검을 마친 정윤은 집으로 향하는 길에 창밖을 바라보았다. 도시의 밤은 고요했지만, 그의 머릿속은 여전히 시끄러웠다. 방금 전까지 부검대 위에 누워 있던 시체의 차가운 모습이 그의 눈앞에 생생히 떠올랐다. 진실을 밝혀낸다는 그의 신념은 매번 이렇게 묵직한 무게로 그를 짓눌렀다.

낡은 아파트 현관문을 열자, 익숙한 따뜻함이 그를 반겼다. 거실 테이블에 앉아있던 정민이 고개를 들었다. 막둥이 동생은 환하게 웃으며 정윤을 반겼다.

"형, 왔어?" 정민이 자리에서 벌떡 일어나며 물었다. "밥 먹었어? 뭐라도 데워줄까?"

정윤은 가볍게 고개를 저으며 웃었다. "아니야, 괜찮아. 너무 늦었는데, 너나 얼른 자야지."

정민은 멋쩍게 웃으며 뺨을 긁적였다. "형은 이렇게 늦게까지 일하는데, 난 공부한다고 투덜거렸네."

정윤은 소파에 앉으며 넥타이를 풀었다. "누가 널 뭐라고 하겠냐. 그래도 네가 공부 열심히 하는 거 보면 형은 힘이 나. 네가 네 자리에서 최선을 다하는 게 중요하니까."

정민은 고개를 끄덕이며 말했다. "형, 그래도 형은 진짜 대단해. 항상 세상을 정의롭게 살아가고 있잖아."

정윤은 피곤한 얼굴에도 미소를 띠며 정민을 바라보았다. "누구나 조금이라도 바른길로 가려고 애쓰는 거지. 근데 그게 쉽진 않아. 그래도… 우리, 항상 흔들리지 말자. 알겠지?"

정민은 활짝 웃으며 농담처럼 대답했다. "알았어, 형이 항상 말하듯이 청렴하게! 청렴하게 살자!"

그 말을 듣자, 정윤은 미소를 감추지 못했다. 동생의 천진난만한 모습이, 어쩌면 자신이 가진 모든 것을 잃고도 살아갈 수 있는 유일한 이유 같았다. 부모님을 일찍 여의고 동생과 단둘이 남았을 때, 그는 동생만큼은 세상의 더러움에 물들지 않게 키우겠다고 결심했다.

"그래, 청렴하게 살자." 정윤은 동생의 머리를 쓰다듬으며 말했다. "그게 제일 중요해. 무슨 일이 있어도 너만큼은 그걸 잊지 않았으면 좋겠다."

정민은 정윤의 손길에 몸을 비비며 말했다. "형, 나 이제 형처럼 멋진 사람이 될 거야. 그래서 형이 자랑스러워하는 동생이 될 거라고."

그 말을 들은 정윤의 마음은 묵직한 따뜻함으로 가득 찼다. 자신이 해온 모든 일이 헛되지 않았다는 느낌이 들었다.

"그래, 네가 나보다 더 멋진 사람이 될 거야. 내가 장담한다." 정윤은 정민에게 미소를 보내며 말했다. 그러고는 짧은 침묵 끝에 덧붙였다. "아, 내일은 형이 동창회에 좀 다녀와야 해서 늦을 거야. 네가 혼자 있어야 할 텐데 괜찮겠지?"

정민은 고개를 끄덕이며 손을 흔들었다. "걱정 마, 형. 나 이제 다 컸다고."

정윤은 정민의 환한 미소를 보며 가슴 한켠이 따뜻해졌다. 그는 결코 무너지지 않겠다고 다짐했다. 동생을 위해서라도, 자신이 선택한 길을 끝까지 지켜야 했다.

그러나 문득, 부검실에서 스쳐 지나간 한 장면이 그의 뇌리를 어지럽혔다. 정치인의 시신이 증언한 진실과 그 무게. 그리고 그것을 들고 돌아온 자신의 손.

정윤은 고개를 저으며 자리에서 일어났다. "그래, 나도 씻고 쉬어야겠다. 민아, 좋은 꿈 꿔라."

정민은 활짝 웃으며 대답했다. "형도. 내일 동창회 잘 다녀와!"

정윤은 침실로 들어가며 마지막으로 동생을 돌아보았다. 그의 맑은 눈빛과 순수한 미소가 그를 지탱해 주는 유일한 힘이었다. 하지만 그와 동시에, 그 모든 것을 지키기 위해 자신이 감당해야 할 무게를 다시금 느꼈다.

"청렴하게 살자..." 그는 작은 목소리로 중얼거리며 문을 닫았다.

정윤은 침실 문을 닫고 한참 동안 서 있었다. 고요한 집 안의 소음마저 없는 적막 속에서, 그는 자신의 심장이 고동치는 소리를 생생히 느꼈다. 정민의 밝은 미소와 "청렴하게 살자"라는 구호가 그의 머릿속을 떠나지 않았다.

침대에 앉아 넥타이를 풀며, 그는 깊은 한숨을 내쉬었다. 오랜 시간 동안 쌓여온 피로가 한꺼번에 밀려오는 것 같았다. 그는 손을 들어 올려 자신의 얼굴을 감쌌다. 동생의 맑은 목소리와 웃음이 그에게 용기를 주는 동시에, 그 무결함을 보호해야 한다는 압박감을 더했다.

'나는 내가 가르친 그 말대로 살고 있는 걸까?' 정윤은 스스로에게 질문했다. 부검실에서 본 진실들, 그리고 그 진실을 기록하는 자신이 항상 정당했다고 믿었던 선택들. 하지만 그의 손끝에서 밝혀진 진실들이 종종 권력과 부패에 이용되는 것을 보며, 그는 자신이 정말 청렴하게 살고 있는지 의문을 품게 되었다.

침실의 어둠 속에서 그는 책상 위의 작은 사진 액자를 바라보았다. 그 안에는 어린 정민을 안고 있던 자신의 젊은 모습이 담겨 있었다. 부모님을 잃고 세상에 둘만 남았을 때, 정민의 울음소리를 들으며 그는 자신에게 다짐했다. 어떤 대가를 치르더라도 동생을 지키겠다고.

.

.

.

　다음날, 정윤은 어색한 미소를 지으며 동창회의 술자리에 앉았다. 오랜만에 만난 얼굴들 사이에 흐르는 흥겨운 분위기에도 그는 어딘가 소외감을 느꼈다. 그의 손에 들린 술잔은 반쯤 비어 있었고, 그 옆자리에서는 정윤의 대학 동기이자 현재 정치계에서 활동 중인 친구 민재가 잔을 들고 그를 바라보고 있었다.

　"그래도 넌 대단하다, 정윤. 요즘 뉴스에 자주 나오더라. 그 부검 말이야, 마약 중독자로 만든 게 너라면서?" 민재의 입가엔 억눌린 웃음이 번졌다. 그것은 칭찬인지, 아니면 은근한 조롱인지 분간하기 어려운 미묘한 어조였다.

　정윤은 술잔을 내려놓으며 대답했다. "난 그저 내가 해야 할 일을 했을 뿐이야. 진실을 밝히는 게 내 역할이지."
그의 목소리에는 흔들림이 없었지만, 내면의 긴장감은 점차 고조되고 있었다. 민재의 말이 단순한 농담이 아니라는 걸 알았기 때문이다.

"그랬겠지. 하지만 말이야, 세상 모든 진실이 드러난다고 좋은 건 아니야. 특히 누군가의 손에 달린 권력 같은 거 말이야." 민재는 잔을 기울이며 태연하게 말했다. 그의 눈은 알코올의 열기로 인해 붉게 충혈되어 있었지만, 그 안에서 번뜩이는 무언가가 정윤을 불편하게 만들었다.

"그 권력이 누굴 해치는 데 쓰인다면, 진실은 밝혀져야지." 정윤은 담담하게 말했다. 그러나 그의 손은 무의식적으로 잔을 더 세게 쥐고 있었다. 술기운이 돌면서, 말끝마다 미묘한 긴장이 스며들었다. 신경전의 시작이었다.

"하지만 너도 알잖아, 세상은 그렇게 단순하지 않다는 걸. 누구는 진실을 밝히려 하고, 누구는 그 진실을 묻으려 하지. 그리고, 정윤." 민재는 그의 이름을 일부러 끌어 발음했다. "그 과정에서 진실을 밝혀내는 사람조차 깨끗할 수는 없지 않나? 우린 어차피 이 더러운 세상에서 발을 담그고 사는 거니까."

정윤은 말없이 잔을 들었다. 술이 목을 타고 넘어가며 알싸한 열기가 가슴에 번졌지만, 그 열기는 차가운 분노와 혼란으로 빠르게 식어갔다. 민재의 말 속에 담긴 암시가 무엇인지 그는 알고 있었다. 그의 손끝에서 밝혀진 진실이, 민재의 세계에 파문을 일으켰다는 것을.

"내가 깨끗하지 않다고?" 정윤은 조용히 물었다. 그러나 그의 말투에는 차가운 날이 서 있었다. 민재는 미소를 지으며 고개를 저었다.

"아니, 난 다만... 이 세계에서는 결국 모두가 같은 물에 발을 담그고 있다고 말하고 싶었을 뿐이야."

순간, 두 사람 사이에 묘한 침묵이 흘렀다. 술잔이 부딪히는 소리와 웃음소리가 배경에서 울려 퍼졌지만, 정윤의 눈과 민재의 눈은 서로를 꿰뚫고 있었다. 그 순간은 단순한 술자리의 대화가 아니었다. 그것은 두 철학, 두 세계관이 조우하며 맞부딪히는 전쟁이었다.

민재는 술잔을 비우며 미소를 지었다. 그의 눈은 반쯤 풀려 있었지만, 그 안에는 여전히 불편한 기운이 어른거렸다. 그는 정윤을 흘긋 보더니 천천히 자리에서 일어났다.

"정윤, 우리 담배나 한 대 피고 오자." 민재는 권유라기보다는 강요에 가까운 어조로 말했다. 정윤은 잠시 머뭇거리다가 따라 나섰다. 담배를 피우지 않는 그였지만, 민재와의 대화는 이대로 끝낼 수 없었다.

밖은 밤공기로 서늘했다. 그들은 조용한 뒷골목으로 걸어갔다. 민재는 주머니에서 담배를 꺼내 불을 붙이며 정윤에게 하나를 건넸다. 정윤은 고개를 저으며 사양했다.

"아직도 고지식하구나." 민재는 담배 연기를 뿜으며 웃음을 흘렸다. 그 웃음은 술기운에 물들어 흐릿했지만, 그 속에 날선 조롱이 숨어 있었다. "넌 항상 너무 정직했어, 정윤. 그런 사람은 세상에서 오래 버티기 힘든데."

정윤은 민재를 바라보며 차갑게 말했다. "정직함이란 오래 버티는 게 목표가 아니야. 진실을 지키는 거지."

민재는 고개를 갸우뚱하며 또 한 모금 담배를 빨았다. 그의 얼굴에는 비꼬는 미소가 걸렸다. "진실? 네가 그렇게 목숨 걸고 밝혀낸 그 진실 말이야, 정윤. 그게 도대체 세상을 얼마나 바꿨는데? 네가 죽은 시체를 갈라서 밝혀낸 그 진실이 결국 누구 손에 들어갔는지 생각해 봤어? 결국엔 다 우리 같은 놈들이 이용하지 않나?"

정윤의 손이 주먹을 쥐었다. 그의 심장은 빠르게 뛰기 시작했다. "적어도 내가 하는 일은 너희가 감추고 싶어 하는 것을 드러내는 일이야. 그걸 이용하든 말든, 내 책임은 아니야."

민재는 담배를 손가락 사이에서 굴리며 다시 입에 물었다. 연기가 그의 입가를 가로지르며 희미하게 흩어졌다. 그는 여전히 비웃음을 잃지 않았다.

"책임이 아니라고? 네 책임이 아니면 누구 책임인데? 너 같은 사람들이 진실을 밝혀내면 뭐해? 결국 그 진실은 권력을 쥔 놈들이 갖고 놀다 끝나지. 네가 진실을 위해 뭐라도 바꿨다고 생각하는 거냐?"

정윤의 눈에 분노가 서리기 시작했다. 그는 민재의 말을 한순간도 놓치지 않았다. "난 최소한 내 손으로 무언가를 밝혀낸다. 너처럼 뒤에서 거짓말이나 늘어놓고 남을 이용해 먹는 사람들하고는 다르지."

민재는 담배를 바닥에 내던지며 코웃음을 쳤다. "다르다고? 정말로 그렇게 믿는 거냐? 네가 아무리 깨끗하다고 생각해도, 네 손끝에서 나온 결과가 세상을 더럽히는 데 쓰이는 순간, 넌 나랑 다를 게 없어. 오히려 더 위선적이지."

정윤은 한 발 앞으로 다가섰다. 그의 얼굴에는 더 이상 감정을 숨기려는 기색이 없었다. "위선? 네가 위선을 말할 자격이나 있어? 난 최소한 진실을 왜곡하지 않아. 내 선택이 어떻게 쓰이든 간에, 난 나 자신에게 거짓말하지 않아."

그 순간, 민재는 담배를 발로 비벼 끄며 눈을 가늘게 뜨고 정윤을 뚫어지게 쳐다봤다. 그의 입가에는 희미한 웃음이 번졌지만, 그것은 조롱에 가까운 표정이었다.

"근데, 그건 그렇고 정윤." 민재가 말을 꺼냈다. 목소리는 술기운으로 나직했지만, 단단한 날이 서 있었다. "네 동생 말야. 정민이. 요즘 학교에서 괴롭힘 당하고 있다며?"

정윤의 온몸이 얼어붙는 듯했다. 그의 머릿속에서 번쩍 무언가가 지나갔다. 동생의 이름이 민재의 입에서 흘러나오는 순간, 그는 이미 이성을 놓기 직전이었다.

"뭐라고? 어디서 들은 이야기지?" 정윤의 목소리는 차갑고 낮았다. 그러나 그 차가움은 가라앉은 분노의 신호였다.

민재는 고개를 젓고 담담하게 말을 이었다. "아니, 그냥 여기저기서 들은 얘기야. 너도 알다시피 정치권은 워낙

발이 넓잖아? 네가 얼마나 신경을 쓰고 있는지 알겠지만...
요즘 세상이 그렇잖아. 힘 없는 애들은 힘 있는 놈들에게 밟
히고, 아무도 도와주지 않고."

"어디서 그런 소리를 들었냐고 물었다." 정윤의 목소
리가 조금 더 낮아졌다. 그의 주먹은 무의식적으로 쥐어지고
있었다.

민재는 살짝 웃으며 고개를 돌렸다. "하... 정윤, 넌 여
전히 너무 단순해. 모든 게 진실과 정의로 해결될 거라고 믿
는 네 모습이 우습게 느껴질 정도라고." 그는 다시 정윤을
마주보며 말을 덧붙였다. "네가 부검실에서 아무리 진실을
밝히려고 해봐라. 네 동생이 당하는 현실은 누가 바꿔줄 건
데? 넌 거기서도 메스를 들고 문제를 해결하려고 할 건가?"

"민재." 정윤이 민재의 이름을 부를 때 그의 목소리는
얼음처럼 차갑고 깊었다. "그만둬. 그 이름을 내 입에 올리
지 마."

그러나 민재는 멈추지 않았다. 그는 한 발 앞으로 다가
서며 마지막으로 정윤을 도발했다. "왜? 네 동생도 네가 그
토록 자랑스러워하는 청렴과 진실 덕에 행복해질 거라고 믿
는 건가? 넌 진실을 밝혀내는 데는 대단하지만, 정작 네 가족

하나도 지키지 못하고 있잖아."

그 순간, 정윤의 안에서 무언가가 터져 나왔다. 그의 주먹은 민재의 얼굴을 향해 날아갔고, 술기운에 균형을 잃은 민재는 뒤로 쓰러졌다. 어두운 골목은 갑작스러운 충돌과 함께 숨막히는 침묵에 휩싸였다.

정윤은 숨을 헐떡이며 자신의 손을 바라보았다. 떨리는 손끝에서 그는 한 번도 넘어서지 않을 것 같았던 선을 넘었다는 사실을 깨달았다. 그러나 그것이 끝이 아니었다. 골목 바닥에 누운 민재가 다시 몸을 일으키며 휘두른 주먹이 그의 얼굴에 닿는 순간, 두 사람은 완전히 격렬한 몸싸움에 휩싸였다.

그리고 그 끝에, 피투성이가 된 민재는 움직임을 멈추었다. 정윤의 손은 뜨거웠고, 그 뜨거움은 단지 싸움 때문만은 아니었다. 그는 자신의 손끝에 묻은 피를 느끼며 뒤늦게 깨달았다. 돌이킬 수 없는 일을 저질렀다는 것을.

정윤은 미동도 없이 쓰러져있는 민재를 두고 숨이 턱까지 차오르도록 뛰었다. 그의 심장은 부서질 듯 고동쳤고, 머릿속은 공포와 혼란으로 가득 찼다. 어둠 속에서 들리는 그의 발소리는 쿵쿵거리며 거리를 가로질렀다. 방금 전 골목에

서의 일이 그의 머릿속에 반복적으로 떠올랐다. 민재의 몸이 축 늘어진 채 길바닥에 누워 있던 모습, 움직이지 않는 그 몸의 고요함이 그의 눈앞에 생생히 아른거렸다.

"말도 안 돼..." 정윤은 헛되이 중얼거리며 고개를 저었다. 그의 손은 아직도 떨리고 있었다. 방금 전에 그 손으로 무슨 일을 저질렀는지 알면서도, 그는 그것을 인정할 수 없었다.

거리는 점점 한산해졌고, 그는 미친 듯이 달렸다. 발밑에서 자갈과 콘크리트가 부딪히는 소리가 귀를 때렸다. 정윤은 자신의 숨소리에 밀려오는 죄책감을 억누르려 애썼지만, 이미 모든 것은 그의 통제를 벗어나 있었다. 그의 뜀박질이 향하고 있는 곳은 그의 동생이 기다리고 있는 집이었다.

어둡고 긴 골목길을 지나 그의 집이 보였다. 오래되고 낡은 아파트 건물, 항상 그를 기다리는 동생이 있는 곳. 그는 숨을 몰아쉬며 계단을 뛰어올랐다. 그의 발은 거칠었고, 몸은 여전히 떨리고 있었다.

문 앞에 도착한 정윤은 잠시 멈춰 섰다. 자신의 얼굴이 차가운 문에 비치는 듯한 느낌이 들었지만, 그는 그것을 볼 용기가 없었다. 그의 손은 문고리를 잡으며 흔들렸다. 이 문을 열고 나면, 민재의 피 묻은 그림자가 그의 삶에 밀려들 것 같았다.

문이 열렸다. 실내는 고요했다. 따뜻한 전등 아래, 그의 동생이 테이블에 앉아 책을 읽고 있었다. 고개를 들고 정윤을 보자, 동생은 밝게 웃으며 말했다. "형, 늦었네. 괜찮아? 술 많이 마셨어?"

그 순간, 정윤은 아무 말도 할 수 없었다. 동생의 얼굴은 여전히 밝고, 아무것도 모른다는 듯 평화로웠다. 그러나 그 평화는 그의 안에서 솟구치는 죄책감과 대비되어 더 날카롭게 그를 찔렀다.

"응... 좀 늦었어." 그는 억지로 미소를 지으며 말을 꺼냈다. 동생의 질문은 더 이어졌지만, 정윤은 대답을 흐렸다. 그의 시선은 동생의 맑은 눈동자를 볼 때마다 고개를 돌리며 피했다. 민재의 무거운 그림자가 그의 뒤에서 계속해서 그를 짓누르고 있었다.

정윤은 밤새 단 한순간도 제대로 잠들지 못했다. 새벽 내내 침대에 누워 천장을 바라보며, 골목에 누워 있던 민재의 모습이 끊임없이 그의 눈앞에 나타났다. 떨리는 손을 쥐고 펴기를 반복하며 자신에게 되뇌었다. "침착하자. 그냥

일하러 가자. 아무 일도 없었던 것처럼."

하지만 그의 마음속에는 이미 균열이 생겼다. 그는 아침 일찍 부검실로 출근하며 자신의 흔들리는 심장을 애써 다잡았다. "일에 집중하면 된다. 나 자신을 믿어야 한다." 그는 그렇게 자신을 설득하며 부검실 문을 열었다.

문이 열리는 순간, 익숙한 냉기와 약품 냄새가 코를 찔렀다. 정윤은 평소와 다름없이 준비를 시작했다. 장갑을 끼고, 기록 장비를 점검하며, 오늘의 업무를 떠올리려 애썼다. 그러나 그의 머릿속은 여전히 텅 빈 것 같았다.

그러던 그때, 동료가 다가와 말했다. "정윤, 오늘 새로 들어온 의뢰 건 네가 맡아줘야겠어. 좀 급한 사건인데, 경찰에서도 중요하게 보고 있는 사안이야."

정윤은 짧게 고개를 끄덕였다. 심장이 약간 빠르게 뛰기 시작했지만, 그는 태연한 척 기록을 정리하며 물었다. "무슨 사건인데?"

동료는 보고서를 건네며 말했다. "어젯밤 늦게 발견된 정치인 시신이야. 부검 결과를 서둘러 내야 한다고 하더라고."

정윤은 그 말에 손이 얼어붙었다. 보고서를 펼쳐보니, 이름 석 자가 그의 눈을 찌르는 듯 했다. '김민재.'

순간, 그의 심장이 철렁하며 가슴 깊숙이 가라앉았다. 손끝이 미세하게 떨리며 보고서를 덮었다. 동료가 눈치를 채지 못하도록 최대한 침착한 목소리로 말했다. "알겠어. 준비할게."

부검대에 놓인 하얀 천으로 덮인 시신을 보자, 그의 손끝은 이미 식은땀으로 젖어 있었다. 그는 천천히 천을 걷어냈다. 민재의 얼굴이 드러나는 순간, 정윤은 그 자리에 얼어붙고 말았다. 그의 눈앞에 누워 있는 민재의 차가운 얼굴은 그를 향해 아무 말도 하지 않았다. 그러나 그 침묵 속에서, 정윤은 그의 모든 말이 메아리치듯 되살아났다.

정윤은 한동안 부검대 앞에 서 있었다. 하얀 천으로 덮인 민재의 시신은 무겁고 차가운 침묵 속에서 그의 결정을 기다리는 듯했다. 그의 손은 이미 메스를 쥐고 있었지만, 그것을 움직이는 데 필요한 힘은 도무지 생기지 않았다.

'이대로 내가 죗값을 치르면, 동생은 어떻게 될까?'
정윤의 머릿속에는 동생의 얼굴이 떠올랐다. 낡은 아파트에서 홀로 자신을 기다리던 그 맑은 눈빛이, 그의 내면에서 마지막 희망으로 버티고 있었다. 동생을 위해서라도 자신은 쓰러질 수 없었다. 그는 죄책감과 의무 사이에서 질식할 듯한 무게를 느꼈다.

"내가 선택하지 않으면, 아무도 이 상황을 해결해주지 않아." 그는 고개를 숙이며 중얼거렸다. 메스를 쥔 손이 미세하게 떨렸다.

몇 초의 정적 끝에 정윤은 깊게 숨을 들이쉬었다. 그는 녹음 장치의 버튼을 눌러 녹음을 시작했다. 그 순간, 그는 자신의 모든 말이 기록되고 있다는 사실을 또렷이 의식했다.

"사건 번호 2025-00137. 피해자: 김민재, 남성, 28세. 신원 확인 완료. 사망 현장은 도심 골목으로 추정되며, 발견 시각은 00시 45분. 사망 원인 및 경위 분석을 위해 부검을 시작한다."

정윤은 의도적으로 목소리를 차분하게 유지하려 애썼다. 그는 메스를 들고 천천히 민재의 흉부를 가로지르며 첫 번째 절개를 시작했다.

"피부 상태 양호. 외상 관찰 없음. 단, 왼쪽 광대뼈에 경미한 타박 흔적 확인. 외부 충격의 가능성 배제할 수 없음.

추가 분석 필요." 그는 말을 이어갔지만, 속으로는 다른 생각이 휘몰아쳤다. '이 타박 흔적이 내가 가한 것이라는 사실을 드러낼 수 없어. 하지만 너무 명백하다면... 어떻게 해야 하지?'

그는 심호흡을 하며 흉부를 열기 시작했다. 전동톱의 날카로운 진동음이 공기를 가르며 흉골을 절단하는 소리가 울려 퍼졌다. 그의 손은 어느새 프로페셔널한 동작으로 움직이고 있었지만, 그의 마음은 여전히 갈등으로 가득했다.

"흉부 내부 출혈 관찰. 늑골 4번과 5번 사이에 경미한 골절. 이는 사망 직전 외부 충격에 의한 것으로 판단." 그는 일부러 이렇게 말했다. '사망 직전이라... 그래, 이걸 강조해야 한다.'

심장을 살펴보며 정윤은 땀을 삼켰다. 그는 대동맥 벽의 미세한 파열을 확인했지만, 자신의 의도와 다른 말을 내뱉었다. "심장 상태 양호. 대동맥 손상 없음. 심장 근육과 혈관 정상. 심장 정지는 외부 요인과 직접적 연관이 없을 가능성 있음."

그의 목소리는 여전히 차분했지만, 내면에서는 스스로의 말에 대한 혐오감이 치밀어 올랐다. 그는 진실을 말하지 않았다. 그리고 그것은 그의 철학에 반하는 것이었다.

부검이 이어지는 동안, 그는 계속해서 자신의 목소리를 조율하며 진실과 거짓을 뒤섞었다. 간, 폐, 그리고 위장을 확인하며 그는 일부러 결과를 흐리게 만들었다. "폐의 출혈 흔적은 사후 변화로 판단. 폐부종 소견 없음. 간의 경미한 색조 변화는 만성적 원인 가능성."

그의 손이 멈추었을 때, 그는 녹음 장치를 끄기 직전 마지막으로 중얼거렸다. "부검 결과, 직접적인 외상으로 인한 사망 증거는 발견되지 않았으며, 사망 원인은 심장 기능 정지로 추정. 추가 독성학 검사를 진행하여 정확한 결과를 도출 예정."

정윤은 메스를 내려놓고 깊게 숨을 내쉬었다. 그의 손끝은 여전히 떨렸고, 그의 마음은 무너지고 있었다. 그는 장갑을 벗으며 스스로를 속삭였다. "이것이 옳은 일일까? 나는... 내가 무엇을 지키고 있는 거지?"

민재의 시신은 여전히 부검대 위에 차갑게 누워 있었다. 그러나 정윤은 자신이 이미 그 차가운 침묵 속으로 스스로를 가두었다는 사실을 알고 있었다. 그의 선택은 끝났지만, 그 죄의 무게는 이제 그의 몫이었다.

정윤은 부검을 마치고 장갑을 벗어 던지듯 내려놓았다. 손끝의 떨림은 여전히 멈추지 않았고, 그의 머리는 분열된 생각들로 가득 찼다. 민재의 시신이 여전히 부검대 위에 누워 있다는 사실이 그를 짓눌렀다. 그의 숨소리는 거칠었고, 부검실의 차가운 공기가 그의 목을 조이고 있었다.

그는 서둘러 부검실을 나섰다. 동료들이 묻지도 않은 인사를 건네며 지나쳤지만, 그들의 말은 그의 귀에 닿지 않았다. 정윤은 곧바로 출구로 향했다. '더 이상 여기에 있을 수 없어.'

밖으로 나오는 순간, 그는 다시 달리기 시작했다. 발걸음은 그의 마음을 따라잡을 수 없을 정도로 바빴다. 그의 머릿속에는 민재의 차가운 시신과 녹음 장치에 담긴 자신의 목소리가 교차하며 떠올랐다.

"대동맥 손상 없음."

"직접적인 외상으로 인한 사망 증거는 발견되지 않았으며…"

거짓말, 거짓말, 그리고 또 거짓말. 그는 진실을 밝히는 자신의 삶을 스스로 배반하고 있었다.

집 앞에 도착했을 때, 그의 이마는 땀으로 번들거렸고, 숨이 턱 끝까지 차올랐다. 정윤은 떨리는 손으로 문을 열었다. 익숙한 실내의 공기가 그를 반겼지만, 그 따스함은 그에게 어떤 위로도 되지 않았다.

"형, 왔어?" 동생의 맑은 목소리가 들려왔다. 정윤은 신발을 벗으며 고개를 들었다. 동생은 책상 앞에 앉아 무언가를 끄적이고 있었다.

"형, 있잖아," 동생은 고개를 돌려 정윤을 바라보며 말했다. "형이 저번에 세상에서 가장 중요하다고 말한 단어 있잖아. 청렴. 그거 뜻이 뭐였지?"

정윤은 그 자리에서 얼어붙었다. 동생의 질문은 그의 가슴을 후벼 파는 것 같았다. 그는 답하지 못한 채 멍하니 서 있었다.

"청렴… 그게 무슨 뜻이었더라?" 동생은 천진난만한 얼굴로 되물었지만, 그 순수함은 정윤을 더 깊은 수렁으로 몰아넣었다. 그의 목소리는 나오지 않았고, 그의 입술은 무겁게 닫혀 있었다.

"잠깐만,.." 정윤은 떨리는 목소리로 말하며 화장실로 향했다. 문을 닫고 잠그는 소리가 작게 울렸다.

정윤은 화장실의 차가운 세면대에 손을 짚고 거울을 올려다보았다. 거울 속 그의 얼굴은 처참했다. 퀭한 눈, 붉게 충혈된 동공, 그리고 핏기 없는 입술이 그를 향해 응시하고 있었다. 그는 눈을 감고 깊게 숨을 들이마셨다. 그러나 그의 가슴은 여전히 답답했고, 그의 손끝은 다시 떨리기 시작했다.

　　거울 속의 자신을 보며, 그는 속삭였다. "청렴... 그게 무슨 뜻이었더라?"

　　머릿속에서는 민재의 목소리가 울려 퍼졌다.
　　"넌 진실을 밝혀내면서도 네 가족조차 지키지 못하지 않나?"
　　그리고 그의 동생의 순수한 질문이 다시 맴돌았다.
　　"형, 청렴이 무슨 뜻이었지?"

　　정윤은 서랍을 열어 칼을 꺼냈다. 날카로운 칼날이 화장실의 형광등 아래에서 희미하게 빛났다. 그는 천천히 칼을 들고, 거울 속의 자신의 눈동자를 응시하며 칼끝을 가져다 대었다.

　　'모든 것은 살갗 아래에 진실이 있다.'
　　그의 철학이 그의 머릿속을 가득 채웠다. 그러나 지금 그는 그 진실을 견딜 수 없는 자신을 마주하고 있었다. 칼끝이 그의 눈꺼풀 근처에 닿았다. 차가운 금속의 감촉이 그의 피부를 스쳐 지나갔다.

칼끝이 각막을 겨눈다. 정윤은 잠시 멈췄다. 차가운 금속이 그의 안구에 닿는다, 그는 깊은 숨을 내쉬었다. 그 다음, 손끝에 힘을 주었다. 순간 모든 것이 멈추었다.

막간

*2막과 3막 사이, 인터미션

피투성이의 주인공이 무대의 잔해 속에서 기어나온다. 살점이 떨어진 몸을 끌고, 칠흑 같은 어둠을 뚫고 무대 뒤편의 조명을 향해 간다. 어딘가에서 희미한 박수 소리가 들려온다. 피를 질질 끌며 "나"를 찾아내어 외친다.

주인공: 이게 뭐야? 이게 대체 뭐냐고! 내 살점, 내 피, 내 고통. 이걸 왜 내가 짊어져야 해? 나는 그냥 여기 서 있을 뿐이었어. 대사도 없었고, 웃을 기력조차 없었어. 그런데도 이게 뭐야? 이 더러운 연극이 대체 무슨 의미가 있냐고, 대답해!

그의 눈이 "나"를 겨눈다. 연출가이자 작가, 그는 한 손에 펜을 들고 무대 뒤 어두운 공간에서 모습을 드러낸다. 펜 끝에서 피가 뚝뚝 떨어지고 있다. "나"는 담배를 물고 천천히 말을 꺼낸다.

나: 의미? 의미라... 그게 왜 필요하지? 관객은 무슨 의미 같은 걸 원하지 않아. 그들은 단지 네 고통이 맛있을 뿐이야.

주인공: (분노하며 외친다) 맛있다고? 내가 날 부숴서 찢어내고, 내 피를 여기저기 뿌리는 게 맛있다? 그들이 박수 치며 웃고 떠드는 게 고작 그거 때문이라고?

나: (담담하게 대구하며 담배 연기를 뿜는다) 네가 웃었으면, 그들이 웃지도 않았겠지. 네가 아무 일 없었다면, 여기엔 아무것도 없었을 거야. 관객은 네 고통을 먹고살아. 웃음을 포장지 삼고, 박수를 소스처럼 얹어. 너는 그들의 식탁 위에 차려진 고기일 뿐이야.

주인공: 그러니까, 난 죽어야만 하는 거냐? 이 연극에서 내가 살아남을 수 있는 방법 따위는 없다고?

나: 살아남아? (코웃음을 친다) 살아남는 주인공은 극에선 구경거리가 아니야. 고통 받지 않는 주인공은 그 누구도 흥미롭게 바라보지 않지. 네가 멀쩡히 살아있으면 그건 연극이 아니라 동네 신문과 다른 점이 어디 있겠어?. 피 한 방울 없이 끝나는 이야기는 누구도 기억하지 않아. 그리고… 이건 내 이야기야. 내가 여기서 신이라고. 신의 일이 고통을 쓰는 거라면, 너는 고통을 당하는 게 운명이지.

주인공은 몸을 떨며 바닥에 주저앉는다. 그의 손가락이 피로 물든 자신의 살점을 만지작거린다. 주먹을 쥐어 보이지만, 힘이 없다.

주인공: (속삭이며) 신이란… 쓰레기 같은 직업이구나.

나: 그렇지. 그리고 네가 이해해야 할 게 하나 더 있어. 연극이 끝날 때쯤, 사람들은 나를 기억하지 않을 거야. 신은 조명을 받지 않아. 너만 기억될 뿐이지.

"나"는 무대를 떠난다. 그의 발소리는 점점 멀어지고, 주인공은 피 속에 쓰러진 채로 남겨진다. 무대는 암전으로 바뀌고, 관객의 박수 소리가 점점 커져 온 세상을 뒤덮는다.

나는 무대를 뒤로하고 어둠 속으로 걸어 나왔다. 희미하게 들리던 박수 소리가 내 귀를 채우다가 이내 조용히 가라앉았다. 피와 땀, 살점의 잔해가 흘러내리던 무대는 이제 내 것이 아니었다. 나는 그곳에 신으로 존재했으나, 관객은 결코 신을 보지 못한다. 그들은 오직 고통받는 주인공을 사랑할 뿐이다.

길거리는 차갑고도 고요했다. 피비린내가 내 옷에 배어 있었고, 어디선가 날 따라오는 것 같은 무거운 공기가 목덜

미를 조였다. 나는 터벅터벅 걷다가 어느새 고개를 들어보니, 어둠 속에서 우뚝 선 교회가 보였다.

문을 열고 들어서니 오래된 나무 향과 촛불의 기운이 피비린내를 덮어주었다. 나는 성당 중앙으로 걸어갔다. 성수대가 보였지만, 피로 더럽혀진 내 손을 그 물로 씻는 건 모독일 것만 같았다. 대신 성수대 옆의 벤치에 앉아 머리를 숙였다. 무릎을 꿇고 두 손을 깍지 끼었다.

"왜 나는 이런 삶을 살아야 합니까?"

내 목소리가 교회의 벽에 부딪혀 돌아왔다. 답은 없었다. 그것은 예상했던 일이었다. 나는 말을 이었다.

"당신은 내가 쓰는 이야기를 보았습니까? 고통, 배신, 절망. 그것들로 점철된 세계입니다. 당신은 그것을 보며 대체 무슨 생각을 하십니까? 나는 관객을 위해 그 모든 것을 짜내는데, 정작 나는 누구를 위해 살고 있는 겁니까?"

손이 떨렸다. 두 손을 더 꼭 붙잡았다. 벽에 걸린 십자가를 바라보았다. 거기 매달린 예수는 대답하지 않았다. 그는 언제나 그랬다. 눈물이 흘렀다. 나는 그것이 회한인지, 분노인지, 아니면 단순히 기운이 다 빠진 것인지 알 수 없었다.

"나는 당신을 흉내 내려고 한 건 아닙니다. 하지만 어쩌면 나는 당신을 흉내 내는 인간일지도 모르겠군요. 당신도 우리를 고통 속에 던져놓고 지켜보고 계시잖아요. 당신은 왜 그랬습니까? 왜 우리의 무대를 그렇게 만들어야 했습니까?"

기다렸다. 그러나 여전히 대답은 없었다. 나는 피로 얼룩진 손을 내려다보며 속삭였다.

"당신이 대답하지 않는다면⋯ 내가 내린 결론이 맞겠죠. 신이란 결국 쓰레기 같은 직업입니다. 당신이 만든 세계에서 나는 그저 당신을 닮아가고 있을 뿐이니까."

나는 자리에서 일어섰다. 그 순간 교회의 정적이 더 깊어졌다. 내 걸음이 문을 향할 때마다 나무 바닥이 삐걱거리는 소리가 어둠을 흔들었다. 문을 열고 바깥으로 나왔을 때, 밤바람이 얼굴을 스쳤다. 피냄새가 아직 내 코를 떠나지 않았지만, 나는 깊게 숨을 들이쉬었다.

다시 펜을 쥐었다. 고통이 없이는 이야기가 없다. 그건 내가 알고 있는 유일한 진리였다.

이호와 이호

나는 죽었다고 믿었다. 분명히 나는 모든 희망을 버리고 다리 위에서 몸을 던졌었다. 숨이 멎는 순간, 물속으로 가라앉던 그 찰나의 고요함은 죽음과 맞닿아 있었다. 내 폐는 그 마지막 순간까지 공기를 찾으려 몸부림쳤지만, 결국 이내 멈췄다. 모든 감각이 무뎌지고, 어둠이 나를 덮쳤다.

그러나 눈을 떴다. 나는 왜 다시 깨어났는지 알 수 없었다. 희미한 빛이 눈앞에서 번져오고, 익숙하지만 낯선 방의 풍경이 차례로 형체를 드러냈다. 나는 자신이 누워 있던 차가운 침대를 벗어나 앉으려 했지만, 곧 시선에 포착된 광경에 얼어붙었다.

침대에 누워 있는 '나'를 발견한 것은 그 순간이었다. 그러니까, 그것은 분명히 나였다. 처음에 나는 그것이 거울이라고 생각했다. 그러나 곧 거울이 아니라는 사실을 깨달았다. 거기에는 또 다른 내가 있었다. 완벽히 내 모습과 같았다.

병상에 누워 있는 나의 얼굴은 평온했다. 마치 죽은 자의 얼굴 같았다.

고개를 떨궈 내 손을 들여다보았다. 손가락은 매끈했고, 주름 하나 없었다. 그러나 그 감촉이 너무나 선명했다. 손끝으로 공기를 가르는 순간, 모든 것이 비현실적으로 느껴졌다. 나는 내 손목을 눌러 보았다. 맥박이 뛰지 않았다. 차갑고 매끄러운 겉모습 속에서 나는 움직이는 기계처럼 느껴졌다.

"이호 씨." 낯선 목소리가 방을 채웠다. 나는 고개를 돌려 의사를 마주했다. 그는 희미하게 미소 지었지만, 그 미소는 내 상태에 대한 자비라기보다는 관습적인 태도에 가까웠다. "당신은 대체 육체 상태입니다. 정부의 생명 연장 정책에 따라 당신의 의식이 복제되었습니다."

복제. 그 단어가 머릿속을 때렸다. 눈앞에 누워 있는 나의 원본, 그리고 내가 지금 이곳에 살아 숨 쉬고 있는 듯 느껴지는 이 현실. 이건 삶인가, 아니면 그저 삶의 잔해인가?

"이게 무슨 소리죠?" 내 목소리는 기괴하게 낯설었다. "저는 살아 있는 건가요, 아니면… 뭔가 잘못된 건가요?"

그는 머뭇거리지 않았다. "당신은 임시 존재입니다. 원

이호와 이호 107

본의 의식 일부가 전자두뇌에 이식되었습니다. 육체도 대체된 것이죠. 원본이 깨어날 때까지, 당신은 그를 대신합니다."

'대신'. 나는 대체품이었다. 원본이 회복될 때까지 사용되는 임시품. 내 안에서 울컥하는 무언가가 솟아올랐지만, 그것이 분노인지 공포인지 알 수 없었다. 나는 다시 원본을 바라보았다. 그 침대 위의 내가 미약한 숨을 내쉬고 있었다.

가슴 속 깊은 곳, 아니, 지금 내게 가슴이라 부를 수 있는 무엇이 있다면, 그곳에서 서서히 무너져 내리는 감각이 느껴졌다. 나는 처음으로 나 자신에게 질문했다. "나는 누구인가?"

머릿속이 엉켜 있었다. 생각은 풀리지 않는 매듭처럼 나를 얽매었고, 그 매듭을 풀 실마리를 찾고 싶었다. 병실의 차가운 공기를 뒤로하고, 나는 바를 향했다. 누군가 말했었다. 혼란스러운 생각은 술잔 아래 고요 속에 잠들 수 있다고. 어쩌면 나는 술을 원하는 것이 아니라, 그 잔에 담긴 침묵을 갈망하고 있었다.

작고 오래된 바였다. 문턱을 넘는 순간, 나는 잠시 멈춰섰다. 이 공간마저 나를 거부할 것 같은 예감이 들었다. 바닥은 낡아 삐걱거렸고, 천장에 매달린 선풍기는 느리게 돌아가며 무언가를 긁어내는 소리를 냈다. 한쪽 구석에서는 오래된 재즈 레코드가 녹슨 멜로디를 흘리고 있었다. 공간 전체가 먼지처럼 가라앉은 고요함에 휩싸여 있었다.

나는 바의 끝자락으로 걸어가 자리에 앉았다. 앞에 늘어선 술병들의 그림자가 어렴풋하게 보였다. 무엇을 마셔야 할지 고민할 필요도 없었다. 위스키. 기억 속에 각인된 이름이었다. 그러나 그것이 내가 선택한 것인지, 아니면 원본이 남긴 흔적인지는 알 수 없었다. "위스키 한 잔."

내 목소리는 내 것이 아니었다. 마치 다른 이가 내 입을 빌려 말을 하는 듯했다. 이 공간마저 나를 낯선 존재로 느끼는 것 같았다. 아니, 어쩌면 내가 나를 낯설어하고 있는 것인지도 몰랐다.

"어떤 걸로 드릴까요?" 그녀의 목소리가 들렸다. 고개를 들어 그녀를 보았다. 바텐더. 그녀는 어둠 속에서도 선명했다. 그녀의 손끝은 능숙하게 술병을 다루었고, 머리칼은 흐릿한 빛을 받아 부드럽게 반짝였다. 나는 잠시 말을 잃었다. 그녀의 존재가 마치 이 공간의 모든 소음을 흡수하는 듯 느껴졌다.

"메이커스 마크는 어떨까요?" 그녀는 술병을 집어 들며 물었다. 나는 대답하지 못한 채 그녀를 바라봤다. 그녀는 미소 지으며 술을 따랐다. 빛이 잔 속으로 떨어지는 알코올을 따라갔다. 나는 그녀의 동작 하나하나를 보며 숨을 쉬는 것조차 잊고 있었다.

"천천히 마셔요." 그녀가 말했다. "위스키는 시간을 마시는 술이에요."

나는 그녀의 말을 따라 천천히 술잔을 들었다. 알코올이 목을 타고 넘어가면서도, 그 감각이 너무나도 또렷하게 느껴졌다. 하지만 그것보다도 더 선명했던 것은 그녀였다. 나는 다시 그녀를 보았다. 그녀는 말없이 다음 손님을 위해 잔을 닦고 있었지만, 나는 그녀의 존재가 나에게 밀려들어오는 것을 막을 수 없었다.

'이 감각은 무엇이지?' 한순간, 모든 것이 잠잠해졌다. 술을 마시는 사람들, 돌아가는 선풍기, 오래된 레코드에서 흘러나오는 재즈의 잔향까지. 모두 흐려지고, 오직 그녀만이 나의 시야에 남아 있었다. 마치 이 공간이 나를 부정하는 동안에도, 그녀만이 나의 존재를 알아보고 있는 것 같았다. 그 독하다는 위스키의 향까지 형용할 수 없는 그녀의 향으로 뒤덮어 가고 있었다.

110

첫눈에 반한다는 게 이런 것인가. 말하자면 그것은 사랑이라는 단어와 닮아 있었다. 하지만 나는 그것을 인정하지 않으려 했다. 이 감정이 어디서 온 것인지, 그 진실이 무엇인지 알 수 없었기 때문이다. 이 감각은 데자뷔 같았다. 어디선가 한 번 느껴봤던 것만 같은 익숙함. 하지만 실제로는 처음 느껴보는 생생한 설렘. "이름이 뭐예요?" 그녀가 물었다. 나는 얼어붙은 채로 대답했다. "이호." 그녀는 미소 지었다. "이호 씨. 그 이름, 참 잘 어울리네요."

그녀의 말이 무슨 의미인지 알 수 없었다. 하지만 그 말은 이상하게도 나를 흔들었다. 내가 이름을 말하는 순간, 내가 정말 존재하는 것처럼 느껴졌다. 나는 비로소 깨달았다. 나의 이름이 누군가의 입에서 흘러나오는 순간, 나는 더 이상 아무것도 아닌 존재로 남을 수 없다는 것을.

"한 잔 더 드릴까요?" 그녀의 목소리가 다시 들렸다. 나는 고개를 끄덕였다. 술기운이 내 몸을 감쌌다. 그것은 나를 비틀거리게 했지만, 동시에 나를 살아 있는 존재로 착각하게 만들었다. 걸음은 불안정했고, 시선은 흔들렸지만, 오히려 그 불안정함 속에서 모든 것이 선명하게 드러났다. 이 도시는 나를 거부하지 않았지만, 나를 받아들이지도 않았다. 나는 밤거리를 떠돌며 내 그림자와 마주했다.

의심은 끊임없이 나를 덮쳤다. 어쩌면 나는 단지 원본이 버린 껍데기일 뿐일지도. 그러나 그 껍데기가 살아 숨 쉬며 걷고 있다면, 그것이 과연 가짜인가? 인간이란 결국 타인의 기억 속에서 자신을 구성하지 않는가. 그렇다면 나의 감정과 생각이 원본의 흔적에서 비롯된 것이라고 해도, 그것이 내 것이 아니라 말할 수 있을까?

밤의 도시는 침묵 속에서 숨을 쉬고 있었다. 오래된 벽돌, 멈춰 선 철로, 바람에 흔들리는 녹슨 표지판 하나까지. 모든 것이 나를 쳐다보고 있는 것 같았다. 나는 이곳에서 이질적인 존재였다. 내가 진짜인지, 내가 여기 있어도 되는지, 모든 것이 나를 시험하는 듯했다.

나는 걸음을 멈추고 가로등 아래의 그림자를 내려다보았다. 그림자는 나를 따라 움직였지만, 동시에 나와는 다른 존재처럼 보였다. 빛이 나를 만들어내고, 그 빛이 나를 왜곡하며 어둠이 나를 삼키려 했다. 존재란 결국 이런 것일까? 빛과 어둠의 경계에서 끊임없이 흔들리는, 왜곡된 진실.

골목을 돌아섰을 때, 녹슨 철길이 시야에 들어왔다. 오래된 철로는 목적을 잃은 길처럼 보였다. 나는 철길 쪽으로 발길을 돌렸다. 더 이상 기차가 오가지 않는 그 길은 나와 닮아 있었다. 역할을 잃고 녹슬어가고 있는 나처럼, 철길은 그저 존재만으로 자신의 무게를 증명하고 있었다.

나는 그 철길 위에 섰다. 낡고 부식된 레일 위로 발을 내디뎠다. 차가운 금속의 감촉이 발끝을 통해 전해졌다. 어둠 속에서 나는 한참을 서 있었다.

바람이 불었다. 철길 옆의 풀잎이 가볍게 흔들렸다. 멀리서 기차의 소리가 들려오는 듯했다. 그러나 그것이 실제로 존재하는 소리인지, 내 머릿속에서 울리는 환청인지 알 수 없었다. 어쩌면 그 기차는 나를 데리러 오고 있을지도 모른다. 아니면, 그저 멈춰버린 길 위에 홀로 서 있는 나의 상상이었을 뿐일지도.

나는 철길 위를 천천히 걸었다. 녹슨 레일은 마치 나의 흔들리는 의식을 따라 이어지는 길처럼 보였다. 이 길의 끝이 어디로 이어질지 알 수 없었다. 그러나 나는 걸음을 멈추지 않았다. 목적지 없는 걸음이었지만, 그 순간만큼은 내가 나 자신임을 느낄 수 있었다.

나는 밤이 끝날 때까지 철길 위를 걷고 또 걸었다. 어둠과 녹슨 철로가 나를 감싸고 있었지만, 그 순간만은 내가 내 존재를 부정하지 않아도 되는 것 같았다. 가짜라 해도, 복제된 것이라 해도, 나는 그 철길 위에서 숨을 쉬고 있었다.

그 후로 나는 그 바에 몇 번이고 발걸음을 옮겼다. 아무리 스스로를 타일러도 멈출 수 없었다. 그것은 마치 기계적 반복이었고, 동시에 숭배에 가까운 의식이었다. 매번 문을 열고 들어갈 때마다 들리는 작은 종소리는 나에게 이상할 정도로 익숙하고 안정감을 주었다. 그곳에 들어선 순간, 나는 내 존재의 불안을 잠시나마 잊을 수 있었다.

바는 항상 비슷한 모습이었다. 희미한 조명, 부드럽게 흘러나오는 재즈 음악, 오래된 나무 의자의 삐걱거림, 그리고 무엇보다 형용할 수 없는 그녀의 향. 그 모든 것이 언제나 그대로였고, 나는 그 정지된 공간 속에서 살아 있는 듯한 감각을 느꼈다.

그리고 그녀. 바텐더는 여전히 그 자리에 있었다. 마치 이 공간의 시간과 함께 멈춰진 것처럼. 그녀는 언제나 같은 손길로 술잔을 닦고, 같은 미소로 손님을 맞이했다. 내가 앉으면 그녀는 어김없이 내게 물었다. "오늘도 같은 걸로 드릴까요?"

그 말은 마치 나를 기다리고 있었다는 선언처럼 들렸다. 나는 어색한 웃음으로 고개를 끄덕였다.

"네, 같은 걸로 주세요."

그녀는 이미 알고 있다는 듯 부드럽게 고개를 끄덕이며 위스키 병을 꺼냈다. 마치 어제와 같은 움직임. 그녀의 손끝에서 흐르는 위스키는 언제나 같은 색깔, 같은 속도로 잔을 채웠다. 그 잔이 내 앞에 놓이는 순간, 나는 묘한 안도감과 함께 다시 불안에 사로잡혔다. 결국에 이것은 나의 선택인지, 아니면 원본의 습관인지.

그 의문은 여전히 나를 괴롭혔다. 나의 발걸음은 정말 나의 의지였을까? 이 바에 오는 일, 그녀를 바라보는 일, 같은 술을 주문하는 일까지. 모든 것이 원본의 기억에 새겨진 흔적이 아닐까? 나는 스스로를 복제된 그림자라고 부정하면서도, 그녀 앞에서는 자꾸만 나의 존재를 확인받고 싶어졌다.

그녀는 아무렇지도 않게 나를 대했다. 아니, 그게 더 나를 혼란스럽게 만들었다. 그녀에게 나는 그저 바의 단골손님일 뿐이었다. 반복해서 찾아와 같은 술을 주문하는 조금은 특이한 손님. 그러나 그 평범한 시선 속에서 나는 나를 지키고 싶어졌다.

"왜 늘 같은 술을 마시세요?" 그녀의 질문은 가벼웠다. 하지만 나에게는 그 가벼움이 깊게 파고들었다. 왜 같은 술을 마시는가. 그 질문은 나에게 '왜 너는 여기 오는가'라는 질문과 같았다. 나는 그 이유를 알고 있었지만, 말할 수 없었다. 그녀를 보고 싶어서. 그녀를 통해 나를 확인하고 싶어서. 그녀의 존재가 내 감정의 진위를 시험하게 만들었기 때문에.

"그냥요." 내 대답은 그저 빈 껍데기처럼 맥없이 흘러나왔다. 그녀는 가볍게 웃었다. "그런 게 있어요. 이상하게 익숙하고 안심되는 무언가요."

그녀의 말에 나는 잠시 멍해졌다. 익숙하고 안심되는 무언가. 그것이 나에게 이 바였고, 그녀였으며, 이 위스키 잔이었다. 나는 그 모든 것이 나를 조금씩 끌어당기고 있다는 것을 깨달았다.

하지만 동시에 나는 두려웠다. 그녀를 향한 나의 감정이 진짜 나의 것인지, 아니면 원본의 욕망이 남긴 그림자에 불과한 것인지 알 수 없었기 때문이다. 내 안에서 일어나는 모든 감정이 나의 의지인지, 아니면 과거에 남겨진 데이터인지.

그러나 나는 그 질문의 답을 찾지 못하면서도 여전히 여기에 있었다. 여전히 그녀의 앞에 앉아, 같은 술을 주문하며 그녀의 목소리를 듣고 있었다.

"이호 씨는 재미있어요." 그녀는 웃으며 말했다. 그 말이 무엇을 의미하는지 나는 알 수 없었다. 그저 그녀의 웃음이 나를 두드리는 듯한 느낌이었다. 내 안에서 고요했던 무언가가 깨어나려는 듯, 아주 미세한 떨림이 번져갔다.

그날도 나는 어느 때처럼 병실 문 앞에서 멈춰 섰다. 문하나를 사이에 두고, 내가 아닌 나, 원본이 그 안에서 잠들어 있었다. 나는 그의 상태를 확인하러 왔다는 명목을 내세웠지만, 사실은 병실에 들어가고 싶지 않았다. 그를 본다는 것은 나의 존재를 다시 마주해야 한다는 뜻이었으니까. 평온하게 잠든 그의 모습은 마치 죽음을 품고 있는 것처럼 조용했고, 그런 그를 바라볼 때마다 내 존재는 불안정하고 위태로워 보였다.

문을 사이에 둔 나는 멈춰 서서 안에서 들려오는 목소리를 들었다. 낮게 깔린 대화는 의사와 간호사 사이에서 오갔다. 작은 소리였지만, 이 고요 속에서는 메아리처럼 퍼져나갔다.

"회복이 정말 빠릅니다. 곧 깨어나겠어요."

그 말이 내 귓가를 울렸다. 나는 심장이 두근거리는 것을 느꼈다. 아니, 심장이 없었지만, 그것이 심장의 두근거림이 무엇인지 기억하는 내 의식 속 잔재였을 것이다. 기뻤다. 원본이 깨어난다면, 모든 것이 명확해질 것 같았다. 나는 누구인지, 나의 존재는 어떤 의미인지, 그리고 내가 느끼는 이 감정은 어디에서 비롯된 것인지—그에게 묻고 싶었다.

그러나 이어진 말은 나를 얼어붙게 만들었다.

"복제품은 곧 폐기되겠군요."
"네. 원본이 회복되면 더 이상 필요 없으니까요."

폐기. 그 단어가 내 안에 박혀버렸다. 마치 멀리서 울리는 종소리처럼 희미하지만 끊임없이 맴돌았다. 폐기란 무엇인가? 나는 그 말의 무게를 이해하고 있었다. 존재를 말소시키는 것, 나라는 흔적을 없애는 것. 나는 술렁이는 감정 속에서 몸이 굳어가는 것을 느꼈다. 차갑고 단단한 감각이 나를 뒤덮었다. 나는 살아 있는가, 죽어 있는가?

나는 복도의 끝으로 비틀거리며 걸어갔다. 그곳에는 작은 창이 있었다. 창밖의 도시가 어둠 속에서 불빛을 깜빡이고 있었다. 멀리 보이는 빛은 마치 나를 향해 신호를 보내는 것 같았다. 나는 창틀을 잡고 그 불빛을 바라보며 생각에 잠겼다.

나는 원본의 기억을 공유하고 있었다. 기억 속에서 나는 분명히 죽음을 선택했었다. 모든 것이 무너져 내리는 듯한 순간, 투신했던 강물 속에서 죽음을 확신하고 평온을 느꼈다. 적어도 그때는 확신했다. 그러나 지금의 나는 달랐다.

폐기를 두려워하는 나, 살아남고 싶어 하는 이 필사적인 감각은 어디에서 온 것인가? 그것은 내가 이호가 아니라는 증거일까? 아니면 내가 새로운 존재로 변해가고 있다는 징후일까? 내 안에 죽음을 선택했던 자와 생존을 갈망하는 자가 함께 뒤엉켜 있었다.

나는 창틀을 꼭 붙잡았다. 몸이 떨렸고, 의식은 끊임없이 스스로를 해체했다. 죽음을 갈망했던 그때의 내가 진짜 나인가? 아니면 지금 살아남기를 원하는 내가 진짜인가? 어느 쪽이든, 내가 이 감각을 느끼고 있다는 사실만큼은 부정할 수 없었다.

언젠가 원본이 깨어났을 때, 나는 그에게 묻고 싶었다. "죽음을 선택한 당신과, 생존을 갈망하는 나는 정말 같은 존재입니까?"

그 대답이 무엇이든, 그 순간 나는 나의 마지막을 알게 되리라. 혹은, 나의 시작을.

침대 위에 누운 그는, 원본의 나는, 서서히 눈을 떴다. 그의 눈은 희미하게 빛을 담고 있었다. 처음에는 천장을 응시하다가, 점차 고개를 돌리며 자신의 손을 바라보았다. 손끝이 미세하게 떨렸다. 마치 새롭게 태어난 생명체가 처음으로 자신의 존재를 인식하는 듯한 모습이었다.

의사는 침대 옆으로 다가가 환한 미소를 지으며 상황을 설명하기 시작했다. 그의 말은 냉정했다. 정부의 생명 연장 정책, 복제된 의식, 대체 육체. 의사의 목소리는 담담했지만, 그 안에는 인간적 연민의 흔적은 없었다. 마치 차트에 기록된 데이터를 낭독하듯, 그는 현실을 전달했다. 아마 이전에 내가 들었던 충격적인 사실을, 그도 듣고 있으리라.

나는 의사가 나가고 문이 닫히기를 기다렸다. 짧은 망설임 끝에, 나는 문을 열고 안으로 들어섰다. 내 시야에 들어온 그는 그저 앉아 있었다. 그의 얼굴은 무표정했으나, 그 무표정 속에는 설명할 수 없는 무게가 깃들어 있었다. 마치 자신을 거울로 마주하는 기분이 들었다.

그의 시선이 내 얼굴에 고정되며, 그의 눈동자가 흔들리기 시작했다. 당황과 충격, 그리고 무언가 설명할 수 없는 불안이 그의 표정 속에서 교차했다. 그는 마치 유령을 본 사람처럼 뒷걸음질을 치려 했지만, 침대 끝에 닿아 더 이상 물러

날 곳이 없었다.

"뭐야... 이게 뭐야?" 그의 목소리는 떨리고 있었다. 그는 손을 들어 나를 가리키며 말을 더듬었다. "이건... 정말 완벽히 똑같은 나잖아?"

나는 그의 반응을 조용히 바라봤다. 그가 느끼는 혼란은 나의 첫 깨어남과 닮아 있었다. 내가 처음 자신의 모습을 병상에서 마주했을 때의 기억이 떠올랐다. 나 또한 그와 같았다. 나의 존재가 무엇인지 알 수 없던, 그날의 내가.

"놀랄 수밖에 없겠지." 나는 차분히 말했다. "하지만 너도 이미 들었을 거야. 너의 의식이 복제되었다는 사실을. 나는... 그 복제된 너야."

그는 고개를 젓기 시작했다. 마치 내 존재를 부정하고 싶어 하는 듯했다. "복제? 말도 안 돼. 네가 어떻게 나일 수 있어? 이건 잘못된 거야."

나는 그의 동요를 외면한 채, 그를 향해 한 걸음 다가갔다. 침대 끝에 서 있는 그는 나와의 거리를 유지하려는 듯 움찔했지만, 도망칠 곳이 없었다.

"내가 누구인지는 중요하지 않아." 나는 그를 똑바로 응시하며 말했다. "중요한 건 너야. 네가 죽음을 선택했음에도 불구하고, 왜 나는 살아남으려 애쓰고 있는지 말이야. "

나는 이토록 기묘한 분위기를 타파하기 위해 가벼운 질문을 꺼내들었다. 어쩌면 가장 궁금한 질문이었다.

"하나만 물어볼게. 바텐더를 알아?" 내 목소리가 병실의 정적을 가르자 원본의 눈이 미세하게 흔들렸다. 그는 천천히 나를 바라보았다. 처음엔 질문이 이해되지 않는다는 듯 멍한 표정을 지었지만, 이내 나의 의도를 파악했다는 듯 미간을 살짝 찌푸렸다.

"바텐더…?"그의 목소리는 아직도 불안정했다. 마치 오랜 잠에서 막 깨어난 사람처럼, 기억의 파편을 더듬는 듯한 목소리였다. 나는 침대 옆에 서서 그를 똑바로 바라보았다. 그가 모른다고 말하면 좋겠다는 생각이 스쳐갔다. 아니면, 그에게는 바텐더가 그저 하나의 배경에 불과했기를 바랐다. "작은 바야. 네 기억 속에도 있을지 모르겠어. 오래된 나무 카운터에 조명이 흐릿하고… 그녀는 위스키를 잘 따르더라."

내 말에 그는 짧게 숨을 내쉬었다. 눈동자가 천장을 스치듯 움직이더니, 마침내 나를 다시 쳐다보았다. "아, 그 바... 어렴풋이 기억나네. 몇 번 간 적 있어."

그의 목소리는 무심했다. 그의 반응은 마치 오래된 사진첩에서 무의미한 한 장을 발견한 것 같았다. "그래서? 그게 왜?"

나는 그의 무관심한 태도에 말을 잃었다. '그래서?'라니. 나에게 그 바텐더는 내가 느낀 모든 감정의 중심이었고, 나를 나 자신으로 느끼게 해준 작은 연결고리였다. 그러나 그의 말투에는 그 어떤 떨림도, 흔들림도 없었다.

"그럼…" 나는 조심스럽게 입을 열었다. "혹시 너는 그녀를 이전부터 사랑했어?"

그는 나를 한동안 바라보았다. 마치 내가 왜 이런 질문을 하는지 이해하지 못하겠다는 듯한 표정이었다. 이내 그는 고개를 옆으로 젓고 짧게 대답했다.

"사랑이라니. 아니. 결코 좋아한 적도 없어." 그의 말은 명확하고 단호했다. 그의 눈빛에는 아무런 망설임도 없었다. 그것이 사실임을, 그는 의심하지도 않았다.

"좋아한 적 없다고?" 나는 되묻고 말았다. 내 안에 가득 찬 혼란과 불안을 그에게서 확인하고 싶었다. 바텐더를 향한 나의 감정은 도대체 무엇이란 말인가. 그가 좋아하지 않았다면, 그 감정은 어디서 시작된 것인가? 내가 느낀 떨림과 설렘, 그녀의 손끝을 따라가던 시선은 모두 무엇이었단 말인가?

"단지 위스키를 마시러 갔을 뿐이야. 그 바텐더에게는 하나도 관심 없었다고. 그런데 왜 갑자기 그런 걸 물어?" 그의 무심한 대답이 나를 꿰뚫었다. 나는 그 자리에 얼어붙었다. 마치 내가 들여다보지 말아야 할 무언가를 들춰낸 것 같았다. 그가 그녀를 좋아하지 않았다면, 그렇다면 나의 감정은 어디서 온 것인가.

그 감정이 어디서 시작되었든, 그것이 복제된 기억의 잔영이든, 아니면 내 안에서 스스로 피어난 감정이든 상관없었다. 그 순간만큼은 분명히 내 것이었다. 그녀를 처음 본 날, 나는 내 의지로 그녀를 바라보았고, 그날의 감정은 의심할여지 없이 내 것이었다.

하지만 동시에 나는 두려웠다. 그의 기억 속에는 아무것도 없었지만, 나에게는 그녀의 미소와 그녀의 목소리가 생생히 남아 있었다. 그 차이가 나의 존재를 증명해 주는 것일까,

아니면 나를 더 불안정하게 만드는 것일까?

나는 그를 다시 바라보았다. 침대 위에 앉아 나를 뚫어지게 바라보는 그는 나와 똑같은 얼굴을 하고 있었다. 그러나 그 순간만큼은 우리는 너무나도 달랐다. 그의 공허함과 나의 감정은 뚜렷하게 다른 결을 가지고 있었다.

"너는 죽으려고 결심했어." 내 목소리는 낮고 평온했지만, 그 안에는 묘한 비판과 연민이 깃들어 있었다. 침대에 앉아 있는 그가 나를 천천히 올려다보았다. 그의 눈빛에는 낯선 혼란과 억누르려는 두려움이 섞여 있었다. 그는 내가 던진 말을 이해하려는 듯 입술을 살짝 떼었다가 다시 다물었다.

나는 그가 말하지 못하리라는 걸 알고 있었다. 그의 침묵은 나를 향한 것이 아니라, 자신을 향한 것이었다.

"나는 네가 남긴 질문 속에서 태어났어." 나는 단호하게 말했다. "너는 모든 걸 끝내려 했지만, 결국 끝나지 않았지. 네가 끝내지 못한 것을 나는 지금 이어가고 있어."

그의 눈썹이 미세하게 꿈틀거렸다. 그는 고개를 숙이며 짧게 숨을 내쉬었다. 마침내, 그가 입을 열었다.

"그게 네가 존재하는 이유야?" 그의 목소리는 낮았지만 흔들리고 있었다. "내가 실패했기 때문에, 네가 나를 대신해서 계속 살아야 한다는 거냐? 넌 네가 뭐라고 생각하길래 그런 말을 하는 거지?"

나는 잠시 그의 질문을 곱씹었다. 그의 목소리 속에는 분노가 섞여 있었지만, 그 분노는 나를 향한 것이 아니었다. 그는 자신의 존재에 대한 분노와 의심 속에서 허우적대고 있었다.

"나는 너야. 하지만 동시에, 너와 같지 않아." 나는 천천히 대답했다. "내가 네 기억을 가지고 있다는 사실이, 내가 너라는 걸 의미하지는 않아. 나는 내가 느끼는 것을 느끼고, 내가 생각하는 대로 생각해. 네가 끝내지 못한 삶을, 나는 내 방식으로 살아갈 거야."

그는 고개를 들어 나를 바라보았다. 그의 얼굴에는 이해하지 못하겠다는 당혹감과, 이해하려는 무언가가 동시에 서려 있었다.

"그럼에도 불구하고…" 그가 천천히 말했다. "네 감정, 네 생각, 네 존재는 전부 내 흔적에서 나온 거잖아. 네가 느끼는 건 진짜일 수 없어. 네 사랑도, 네 두려움도, 결국 내가 남긴 자취일 뿐이야."

　나는 그의 말을 조용히 늘었다. 그의 말은 나를 흔들고 있었지만, 나는 이미 그 의문 속에서 나 자신을 확인하고 있었다.

　"그 흔적에서 시작됐다는 게, 내 감정이 가짜라는 걸 의미하지 않아." 나는 천천히 대답했다. "너는 사랑을 포기했지만, 나는 사랑을 느꼈어. 너는 죽음을 선택했지만, 나는 삶을 선택했어. 네 기억 속에서 피어난 감정이라도, 그것이 내 안에서 자랐다면 그건 나의 것이야. 그리고 그 순간만큼은 누구도 부정할 수 없는 진짜였어."

　그의 얼굴이 굳어졌다. 그는 다시 침묵에 빠졌다. 나는 그의 침묵이 더 깊은 갈등으로 변해가고 있다는 것을 느꼈다. 그는 나를 부정하려 했지만, 결국 자신을 부정해야 하는 상황에 놓여 있었다.

　"네가 느낀 사랑이 진짜라고 해도…" 그가 마침내 낮게 말했다. "그건 결국 내가 느끼지 못했던 것들을 대신 느낀 거겠지. 네 존재가 나보다 더 진짜라는 걸 증명하려는 거야?"

나는 그의 말을 곱씹으며 천천히 고개를 저었다. "내 존재는 너와 비교될 필요가 없어." 나는 말했다. "내가 더 진짜인지, 더 가짜인지는 중요하지 않아. 중요한 건, 나는 지금 여기에 있다는 거야. 그리고 그 순간을 살아가는 건 나야."

　그는 고개를 돌려 창밖을 바라보았다. 그의 시선은 병실을 넘어 멀리 어딘가를 향하고 있었다. 나는 그의 옆에 서서 함께 창밖을 바라보았다.

　"너는 죽으려고 결심했어." 나는 다시 한번 낮은 목소리로 말했다. "하지만 나는, 살아가기로 결심했어. 그 차이가 우리를 다르게 만들어. 그러나 그 차이가 나를 너보다 나은 존재로 만드는 건 아니야. 그저… 우리는 다를 뿐이야."

　그의 입가가 미세하게 떨렸다. 그는 무언가를 말하려 했지만, 끝내 말을 삼켰다. 병실의 공기는 여전히 차가웠다. 그러나 그 차가움 속에서도, 나는 그와 나 사이에 교차하는 미묘한 감정을 느낄 수 있었다. 그것은 분노와 슬픔, 그리고 미약한 이해의 조각이었다.

　우리는 서로를 부정하면서도 동시에 서로를 통해 자신을 발견하려는 두 존재였다.

그 순간 병실 문밖에서 낮게 깔린 목소리와 발소리가 들려왔다. 그것은 의도적이고 날카로운 움직임이었다. 나는 고개를 돌려 문쪽을 응시했다. 발소리는 점점 가까워졌고, 목소리는 날카로워졌다. 그들의 목적지가 이곳임을 직감했다. 짧은 시간이었지만, 나는 그들이 나를 폐기하기 위해 왔음을 깨달았다. 나는 이호에게 짧은 인사를 건네고 창문 밖으로 무모하게 몸을 던졌다. 내 안에는 한 가지 생각만이 가득 차 있었다. 나는 바텐더를 보러 가야 했다.

허겁지겁 달려 바에 도착했다. 온몸이 마비된 듯 힘이 풀렸다. 바의 문이 열리고, 작은 종소리가 공간에 울렸다. 그 소리는 짧고 가볍게, 그러나 공명하듯 깊게 울렸다. 바텐더는 여느 때처럼 카운터 뒤에서 잔을 닦고 있었다. 그녀의 손끝은 능숙했고, 조명 아래에서 빛나는 위스키 병들은 바의 침묵 속에서 유일한 생기처럼 보였다. 나는 그녀를 바라보며 숨을 고르고 천천히 걸음을 옮겼다.

그녀는 고개를 들고 나를 보았다. 어둠 속에서 그녀의 눈빛이 빛났다. 그것은 어떤 이유도, 판단도 담기지 않은 눈빛이었다. 단지 나를 있는 그대로 바라보는 투명한 시선. 나는 그 시선이 마치 내 안의 무언가를 비추는 듯 느꼈다.

"이호 씨." 그녀가 말했다. 그녀의 목소리는 낮았고,

부드러웠다. 나는 바 카운터 끝에 앉았다. 그녀는 잔을 내려 놓고 내 앞에 다가왔다. "오늘도 같은 걸로 드릴까요?" 그녀는 잔잔히 미소 지었다. 나는 고개를 끄덕였다. "네, 같은 걸로요."

그녀는 익숙한 손놀림으로 위스키 병을 집어 들었다. 병을 기울이는 그녀의 동작은 마치 의식처럼 느껴졌다. 위스키가 잔에 떨어지는 소리는 조용히 공간을 채웠다. 술잔이 내 앞에 놓이자 그녀는 가볍게 고개를 숙였다.

"천천히 마셔요. 시간을 느끼면서."

나는 그녀의 말을 곱씹으며 잔을 들었다. 술의 무게가 손끝을 타고 느껴졌다. 위스키는 목을 타고 천천히 내려가면서 내 안의 불안과 갈증을 잠시나마 잠재웠다. 그러나 그것은 오래가지 않았다.

"왜 그렇게 심각한 얼굴이에요?" 그녀가 물었다. 나는 그녀를 바라보며 작게 웃었다. "그냥… 모든 게 조금 이상해서요."

"이상하다니요?"

나는 한순간 망설이다가 대답했다. "모든 게 너무 생생하게 느껴져요. 현실이 아닌 것처럼요. 그런데도, 너무 현실 같아요."

그녀는 잠시 나를 바라보았다. 그러다 잔을 닦던 손을 멈추고 조용히 말했다. "가끔 그런 날이 있어요. 모든 게 너무 생생해서, 오히려 꿈처럼 느껴지는 날. 하지만 그런 날일수록 그게 더 진짜일지도 몰라요."

그녀의 말은 나를 흔들었다. 꿈처럼 생생한 현실. 그것이 진짜일지도 모른다는 생각. 나는 그녀와 마주한 이 순간이야말로 가장 진짜일지도 모른다는 생각에 사로잡혔다.

나는 술잔을 내려놓으며 입을 열었다. "퇴근은 언제 하세요?"

그녀는 멈칫하며 나를 바라보았다. 그녀의 눈빛에는 의문과 호기심이 섞여 있었다. "오늘은 일찍 끝나요. 한 시간쯤 뒤면 문을 닫아요. 왜요?"

나는 고개를 숙였다가 그녀를 바라보았다. "같이 가고 싶은 곳이 있어요."

그녀는 고개를 갸웃하며 물었다. "어디로요?"

나는 잠시 숨을 고르고 대답했다. "말로 설명하기 어려워요. 보여주고 싶어요."

그녀는 나를 한참 바라보았다. 그 시선 속에서 나의 진심을 읽으려는 듯했다. 그러다 그녀는 가볍게 웃으며 말했다. "그래요. 하지만 너무 이상한 곳은 아니겠죠?"

나는 미소를 지었다. "약속해요. 이상한 곳은 아니에요."

한 시간 뒤, 우리는 바를 나섰다. 그녀는 코트를 걸치고, 나는 무거운 발걸음으로 그녀를 따라 걷기 시작했다. 바깥은 조용했고, 어둠이 도시를 감싸고 있었다. 우리는 말없이 걸었다. 그녀는 묻지 않았고, 나는 설명하지 않았다.

우리가 멈춘 곳은 오래된 철길이었다. 부서진 침목과 녹슨 레일, 이끼로 덮인 철로는 마치 시간에 버려진 길처럼 보였다. 나는 그녀를 바라보았다. 그녀의 눈빛에는 의문과 놀라움이 서려 있었다.

"여긴… 기찻길이잖아요?" 그녀가 물었다.

나는 고개를 끄덕이며 말했다. "오래전에 끊긴 길이에요. 지금은 아무도 오지 않죠."

나는 철로 위로 발을 내디뎠다. 그녀는 잠시 망설이다가 나를 따라 걸었다. 우리의 발걸음이 철로 위에서 메아리쳤다.

나는 말을 이어갔다. "여기서는 시간이 방향을 잃어버린 것 같아요. 철로는 더 이상 어디에도 닿지 않고, 열차도 멈췄으니까요. 그런데 그게 나쁘진 않아요."

"왜죠?"

"멈춰진 시간 속에서는 더 이상 아무것도 증명할 필요가 없으니까요."

그녀는 그 말에 가만히 미소를 지었다. 마치 나의 고백을 이해한 듯한 표정이었다.

"그럼 이호 씨는 무엇을 증명하고 싶었어요?"

그녀의 질문은 나를 꿰뚫었다. 나는 걸음을 멈추고 그녀를 바라보았다. 철길 위, 어둠 속에서도 그녀의 눈빛은 너무

나 선명했다.

"나 자신이요." 그 말은 나도 모르게 흘러나왔다. 그제야 나는 깨달았다. 그녀와 함께 이곳에 온 것은 단순히 감정을 확인하기 위해서가 아니었다. 이 순간, 이 공간 속에서 나는 나 자신을 증명하고 싶었다. 그녀에게 보여주고 싶었던 것은 바로 나의 존재, 나의 진실이었다.

그녀는 가만히 나를 바라보았다. 마치 나를 이해하려는 듯, 혹은 나의 혼란을 함께 나누려는 듯. 그러다 그녀는 천천히 말했다.

"시간이 멈춘 곳이 나쁘지 않다고 했죠?"
"네."
"하지만 저는 흐르는 시간을 더 좋아해요. 흐르는 시간은 우리를 어디론가 데려다주잖아요."

그녀의 말에 나는 잠시 침묵했다. 흐르는 시간. 그녀의 말처럼 그것은 어디론가 우리를 데려다줄 것이다. 그러나 그 '어디론가'가 나에게는 어떤 끝일지 알 수 없었다.

그럼에도 나는 이 순간이 흐르지 않기를 바랐다. 그녀와 함께 걷고 있는 이 시간이, 이 기묘하고 몽환적인 감정이 멈쳐버리기를 바랐다.

우리는 다시 걷기 시작했다. 철길은 끝없이 이어졌고, 우리의 발걸음이 그 위에 작게 울렸다. 바람이 불었고, 그녀의 머리칼이 가볍게 흔들렸다.

이 사랑은 더 이상 기억의 잔재가 아니었다. 그녀를 향한 나의 감정은 시간의 흐름 속에서, 그리고 멈춘 순간 속에서 더욱 깊어지고 있었다. 마치 나를 나 자신으로 만드는 유일한 진실처럼.

그녀가 나를 바라보았다. "무슨 생각 해요?"

나는 잠시 그녀를 바라보다가 작게 웃었다. "시간에 대한 생각이요. 흐르는 것과 멈춘 것에 대해서."

그녀는 고개를 끄덕이며 말했다. "그럼 조금만 더 걸어요. 이런 순간은 자주 찾아오지 않으니까."

그녀의 말에 나는 다시 걸음을 옮겼다. 철길은 어디로 이어질지 알 수 없었지만, 그 순간만큼은 중요하지 않았다. 그녀와 함께 걷는 이 시간이 나를 붙들고 있었다.

이 시간이 진짜일까? 나는 여전히 나 자신을 의심하면서
도, 이 순간만큼은 나의 것으로 느끼고 있었다.

어쩌면 흐르는 시간 속에서 나의 존재를 증명할 수 있는
유일한 방법은, 지금 이 순간을 붙잡는 것일지도 모른다.

이호는 그녀의 말을 조용히 듣고 있었다. 어둠 속에서
바텐더의 목소리는 쇳가루처럼 차갑고도 미세하게 흩어져,
그의 감각에 가라앉았다. 그녀는 철길 위에서 발끝으로 녹슨
레일을 툭툭 건드리며 말을 이었다.

"사실 나, 오래된 녹슨 고철을 모아요. 듣기엔 좀 이상
하겠지만, 그게 내 취미거든요."

이호는 잠시 그녀를 바라보다가, 무슨 농담이라도 하는
줄 알고 입꼬리를 살짝 올렸다. 하지만 그녀의 시선은 어딘
가 멀리 떨어진 어둠을 향해 있었다. 그녀의 고백은 의외로
무겁고 진지했다.

"녹슨 고철이요?"

"응. 남들이 버린 오래된 쇳덩이들 있잖아요. 못이나 나
사, 오래된 기계 조각들. 그 위에 자라난 녹이 좋아요. 나는

그걸 시간의 무게라고 생각해요. 녹이 핀 고철은 누군가의 손에서 사용되다 버려진 것이고, 시간이 지나면서 조금씩 본래의 모습과 용도를 잃어버리잖아요. 마치 사람이 늙고 쇠약해지는 것처럼."

그녀의 목소리는 잠잠하면서도 한없이 멀리 울려 퍼지는 종소리 같았다. 철로를 따라 흐르는 바람은 금속 냄새와 함께 두 사람의 사이를 스쳤다.

"술집 인테리어도, 직접 꾸민 거예요. 레트로한 느낌이 난다고들 하지만 사실 그건 다 내가 주워 모은 녹슨 고철들 덕분이죠. 의자, 조명, 심지어 카운터 밑에 숨겨진 오래된 기계들도 그래요."

이호는 그녀를 바라보며 조용히 말했다. "그래서 가끔… 쇠 냄새가 나는 거였군요." 이호는 그녀에게서 나는 특유의 향이 어디서부터 오는 것인지 깨달았다.

그녀는 웃었다. 가볍게, 하지만 어딘가 씁쓸한 미소였다. "몇몇 손님들은 그 냄새를 싫어하더라고요. 나를 피하는 사람도 있어요. 쇠 냄새난다고, 나한테서 녹이 묻어날까 봐 두려워하는 사람들처럼."

그녀의 말에 이호는 잠시 생각에 잠겼다. 그녀는 녹슨 철길 위에 서서 오래된 기계처럼 시간의 흔적을 안고 있는 사람 같았다. 그녀의 고백은 자신을 숨기지 않으려는 솔직함이었지만, 동시에 그 자체로 외로워 보였다.

"녹은 시간의 흔적이기도 하지만, 동시에 파괴의 신호이기도 해요." 이호가 천천히 입을 열었다. "쇠는 녹슬어가면서 본래의 강도를 잃어버리니까. 존재의 부식이죠. 인간도 마찬가지예요. 시간이 흐를수록 우리는 어딘가 삭아가고, 결국엔 사라지죠."

바텐더는 고개를 끄덕였다. "맞아요. 그래서 녹이 좋아요. 아름답지 않아요? 녹이 핀 쇠는 더 이상 처음의 용도에 맞게 사용될 수 없지만, 그 자체로 새로운 모습을 가지게 되잖아요. 어떤 의미에서는 그게 더 솔직해 보이기도 하고요."

그녀는 철길 위에 쪼그리고 앉아, 손끝으로 녹슨 레일을 가볍게 문질렀다. 바람이 그녀의 머리칼을 흔들고, 어둠 속에서 녹슨 철의 향기가 더 짙게 퍼졌다.

"녹은 시간을 품고 있어요. 얼마나 오랫동안 비를 맞았는지, 얼마나 오래 방치되었는지, 그것들이 고스란히 드러나

니까. 그런데 사람들은 그런 녹을 싫어해요. 아마 그게 자기 자신을 보는 것 같아서 그런 걸지도 몰라요."

이호는 그녀의 말에 가만히 귀를 기울였다. 그녀의 말은 그가 지금까지 외면하려 했던 진실과 닿아 있었다. 녹슬어간 다는 것, 그것은 결국 존재가 본래의 의미를 잃어버리고 새로운 상태로 변질되는 과정이었다. 하지만 동시에 그것은 시간의 흔적, 살아 있다는 증거이기도 했다.

"당신이 모은 고철들… 나중에 뭐가 될까요?"

그녀는 미소 지으며 말했다. "그건 나도 몰라요. 하지만 그게 녹슬어갈 동안은 여전히 내 곁에 있겠죠."

철로 위에서 두 사람은 한동안 아무 말 없이 서 있었다. 밤은 깊었고, 멈춘 시간 속에서 쇠의 녹슨 향이 은은하게 퍼졌다. 이호는 그녀의 말을 곱씹으며, 자신에게도 녹이 묻어가고 있음을 깨달았다. 하지만 그 녹이 꼭 부정적인 것만은 아닐지도 모른다고, 그 순간만큼은 믿고 싶었다.

"시간이 흐르지 않기를 바라면서도, 우리는 결국 그 시간을 살아가야만 해요." 그녀가 마지막으로 중얼거렸다.

"제 이름은 유정이에요." 그녀는 마침내 그렇게 말했다. 말 끝에 얹힌 미소는 너무 가벼워서, 어쩌면 바람에라도 날아가 버릴 것 같았다. 그러나 그 이름은 내 안에 가라앉아 무겁게 울렸다. 유정. 그 이름은 녹슨 철길 위에 남겨진 마지막 표식처럼 느껴졌다. 내게 이름을 남기고 돌아서는 그녀의 뒷모습을 나는 멍하니 바라보았다.

그녀의 발걸음이 멀어질수록, 어둠이 더욱 짙어졌다. 이제 그녀가 걷는 길 끝에는 더 이상 철길도, 조명도 없었다. 그녀는 어딘가 아주 멀리, 나와는 다른 시간 속으로 사라지고 있었다. 그러나 그 이름만큼은 남아 있었다.

유정.

나는 그 이름을 되뇌었다. 입안에서 굴러다니는 그 두 음절은 이상하게 따뜻했다. 아니, 따뜻함을 넘어선 실체가 있었다. 그것은 그녀의 존재를, 그리고 나의 존재를 함께 끌어안아 주는 것 같았다.

철길을 천천히 걸어 나왔다. 어둠 속에서 그녀의 뒷모습이 사라지고 난 후, 나를 감싸던 고요는 곧 차갑고 무거운 현실로 돌아왔다. 철길 끝자락에 멈춰 선 나는 숨을 고르며 주위를 둘러보았다. 도시의 불빛은 점점 희미해졌고, 대신 차갑고 삭막한 기운이 나를 감쌌다.

발길이 닿은 곳은 쓰레기장 같은 곳이었다. 폐기된 가구와 고철, 쓰레기 더미가 한데 엉켜 있었다. 이곳은 누구에게도 주목받지 못한 공간이었다. 나는 그 안에서 무작정 몸을 기대고 앉았다. 차가운 금속의 감촉이 등을 타고 스며들었다.

나는 유정을 생각했다. 그녀가 내 이름을 불러줬을 때, 나는 나 자신을 느꼈다. 내가 누구의 잔재이든, 내 감정이 어디에서 왔든 상관없었다. 나는 그 순간 살아 있었다.

그러나 그 살아 있는 감각은 오래가지 않았다. 머릿속에 다시 스쳐 지나간 단어가 나를 옭아맸다. '폐기.' 원본이 회복되면 나는 존재를 잃는다. 그 사실이 내게 주어진 유일한 미래였다. 나는 나 자신을 구하기 위해 무엇을 해야 하는지 고민하기 시작했다.

쓰레기 더미에서 작은 천 조각을 집어 들었다. 녹슨 금속은 손끝에 서늘한 감촉을 남겼다. 그것은 그녀가 말했던 녹슨 고철의 잔재와 닮아 있었다. 그러나 그것은 내게 또 다른 의미로 다가왔다. 나는 살아남고 싶다. 살고자 하는 비인간과 죽고자 하는 인간 중 누가 더 인간다운가. 나는 이내 결론지었다.

"나는… 이호이자, 이호가 아니다."

나는 이제 두 개의 자아의 끝에 서 있었다.

죽음을 기억하는 나와
사랑을 느끼는 나.

죽음을 택한 원본의 어두운 기억과, 삶을 갈망하게 만든
그녀의 존재. 나는 이 모든 기억과 감정을 껴안고 있었지만,
두 가지는 어긋난 결처럼 결코 하나로 맞춰지지 않았다. 그
틈 사이로 새어 나오는 혼란은 나를 더욱 짓눌렀다.

나는 원본과 대화를 나눠야겠다고 결심했다. 나를 이호
의 그림자로부터 해방시켜줄 수 있는 유일한 대상은, 아이러
니하게도 '진짜' 이호뿐이었다.

발걸음이 문을 향했다. 문이 열리는 소리가 거칠게 울렸
고, 차가운 밤공기가 폐를 가득 채웠다. 병원까지의 길은 어
둡고 고요했지만, 머릿속은 지독하게 선명했다.

병원의 낡은 복도를 빠르게 걸었다. 형광등 불빛이 간헐
적으로 깜빡였고, 바닥에 반사된 그림자는 흔들리는 유령처
럼 보였다. 숨을 몰아쉬며 병실 앞에 도착한 나는 잠시 멈춰

섰다. 손잡이를 쥔 손끝이 차가웠다.

문이 열리는 소리가 고요한 복도를 가로질렀다. 나는 천천히 안으로 들어섰다. 병실 안은 적막에 잠겨 있었고, 침대는 말끔히 정리되어 있었다. 그 위에 누워 있어야 할 '원본'의 모습은 어디에도 없었다.

"비어있어…"

목소리가 떨렸다. 손끝이 저릿해지며 마비가 내 몸을 덮쳤다. 나는 천천히 걸음을 떼며 병실 중앙에 멈췄다. 의식은 선명했지만, 육체는 무거운 금속 덩어리처럼 굳어가기 시작했다.

그 순간, 문 뒤편에서 발소리가 들렸다. 의사가 천천히 들어오며 태블릿을 손에 든 채 나를 바라보았다. 표정은 무심하고 담담했다. 마치 예견된 상황을 지켜보는 듯했다.

"원본은 어디 있죠?" 내가 물었다. 목소리는 갈라지고 있었다.

의사는 짧게 한숨을 내쉬었다. "이호 씨는 이미 회복하셨습니다. 퇴원 후 정상적인 생활을 시작하셨죠. 이제 그는 일상으로 돌아갔습니다."

그 말을 듣고 잠시 숨이 멎었다. 원본은 깨어났고, 살아
가고 있었다. 그렇다면 나는?

"그럼… 나는요?"

의사는 고개를 숙이며 태블릿을 몇 번 터치한 후 차가운
목소리로 말했다. "당신의 역할은 끝났습니다. 복제 의식은
예정된 수명을 다하면 더 이상 유지될 수 없습니다. 이미 그
증상이 시작되고 있네요."

"무슨… 증상이요?"

의사는 고개를 들어 나를 바라보았다. 그의 눈빛은 마치
무언가를 관찰하는 과학자의 그것과 같았다.

"복제품의 육체와 전자두뇌는 본래 설계상 '일시적'
입니다. 시간이 지남에 따라 부식이 시작될 겁니다. 금속이
녹슬듯이요. 이미 신경 회로의 일부에서 마비가 일어나고 있
지 않습니까?"

그 순간 손끝에서 다시 저릿한 감각이 밀려왔다. 이번에

는 더 깊고 더 강렬한 마비였다. 다리에 힘이 빠지며 그는 천천히 바닥에 주저앉았다.

"그게 무슨 소리야…"

의사는 내 말을 무시하고 담담하게 말했다. "시간이 얼마 남지 않았습니다. 당신의 의식과 육체는 점점 붕괴할 겁니다. 원본의 회복과 함께 당신의 존재는 이제 불필요합니다."

'붕괴한다…?' 그 말은 마치 쇠망치처럼 내 머리를 내리쳤다. 손끝이 서서히 푸석해지고, 차가웠던 육체가 그 어떤 감각도 느끼지 못하게 변해갔다. 녹이 스는 감각. 의식 속에는 비명처럼 울려 퍼지는 쇳소리가 가득 찼다.

"하지만… 난 살아 있어… 살아 있는 건데…"

목소리는 점점 작아졌다. 나는 의사를 바라보았다. 의사의 표정에는 연민도, 죄책감도 없었다.

"당신은 기억의 흔적에 불과합니다. 그 기억이 존재를 만들어냈을 뿐이죠. 이제 원본은 돌아왔고, 당신의 역할은 끝났습니다. 그것이 당신의 설계입니다."

나는 미친 듯이 달렸다. 병원 복도를 벗어나 차가운 도시의 어둠을 가로질렀다. 발걸음은 비틀렸고, 숨은 가빠졌다. 녹슬어가는 몸은 더 이상 나를 온전히 지탱하지 못했지만, 이 순간만큼은 신경 쓰이지 않았다.

'유정…'

그녀의 이름만이 머릿속을 가득 채웠다. 그녀를 봐야만 했다. 그녀만이 이 무너져가는 혼돈 속에서 나를 붙잡아줄 수 있을 것 같았다. 그녀만이 존재를 증명해 줄 수 있을 것 같았다.

바가 가까워졌다. 어둠 속에서도 희미한 네온사인이 보였다. 문득 내 발걸음이 느려졌다. 작은 바의 창문 너머로 조명이 흐릿하게 번져 있었고, 그 조명 아래 누군가의 실루엣이 보였다.

나는 숨을 몰아쉬며 창가로 다가갔다.
그리고 그 순간, 심장이 멎을 뻔했다.
바 안에는 유정의 모습이 보였다. 늘 그랬듯 카운터 너머에 서서 잔을 닦고 있었다. 그녀의 표정은 평온했고, 여전히 조용하고 단정했다. 하지만 그녀의 맞은편에 앉아 있는 남자는.

그곳에는 나와 똑같은 얼굴을 한 남자가 앉아 있었다.

'원본.'

그 남자는 편안한 자세로 앉아 있었다. 자연스럽게 위스키 잔을 기울였고, 여유 있는 미소를 지으며 유정과 이야기를 나누고 있었다. 그 모습은 지나치게 자연스러웠고, 지나치게 완벽해 보였다.

유정은 그를 보고 있었다. 그녀의 눈빛은 언제나처럼 부드럽고 흔들림 없었다. 그 눈빛은 마치 원본 이호를 오랜 시간 알고 지낸 사람처럼 느껴졌다. 유정이 원본의 말을 듣고 살짝 웃었다.

창밖에서 지켜보는 나의 몸이 떨리기 시작했다. 나는 주먹을 쥐었다. 창유리에 비친 내 얼굴은 불안과 분노로 일그러져 있었다. 원본은 이미 유정의 앞에 앉아 있었다. 그녀와 나누던 대화는 내가 꿈꿔왔던 바로 그 순간들이었다.

두뇌 속에서 무언가가 끊어지는 듯한 감각이 일었다. 내 존재를 증명할 수 있었던 유일한 연결고리, 그의 감정이 진짜임을 증명해 줄 수 있었던 유정. 하지만 그녀의 앞에 있는 사람은 '진짜' 이호였다.

"그래서… 난 뭐지?"

나는 중얼거렸다. 목소리는 갈라졌고, 그와 동시에 몸이 다시 마비되기 시작했다. 손끝이 푸석해지며 차가운 감각이 올라왔다. 시야가 흔들렸고, 귓가에는 녹슬어가는 쇳소리가 메아리처럼 울렸다.

나는 천천히 문 앞에 섰다. 바깥공기는 차가웠고, 문틈 사이로 따뜻한 바의 공기가 새어 나왔다. 문을 열고 들어가야 한다는 생각이 들었다. 원본 이호를 눈앞에 두고 그와 마주해야만 한다. 하지만 두 다리는 더 이상 움직이지 않았다.

문틈 사이로 새어 나오는 따뜻한 바의 공기는 너무나 멀리 느껴졌다. 희미하게 들리는 목소리와 웃음소리는 하나의 먼 파동처럼 정신을 흔들었다. 그토록 바라왔던 유정의 목소리조차 뒤틀려가는 쇳소리 사이에서 갈라져 사라졌다.

시야가 천천히 어둠에 잠겼다. 무릎이 꺾이며 바닥에 무겁게 쓰러졌다. 그 순간, 모든 소리가 끊어졌고 어둠이 나를 삼켰다.

.

.

.

커다란 굉음이 귓가를 찢어발기듯 울려 퍼졌다. 금속이 부딪히고, 갈리고, 무언가가 부스러지는 소리.

눈을 떴을 때, 나는 차가운 바닥 위에 누워 있었다. 몸은 움직이지 않았다. 대신, 사방을 가득 메운 고철과 부서진 기계 부품들이 시야에 어지럽게 들어왔다.

한쪽에서 돌고 있는 거대한 파쇄기가 보였다. 쇠막대기와 고철 덩어리들이 무자비하게 집어삼켜지고, 산산조각이 나며 절망적인 굉음을 내뿜고 있었다. 그 파괴의 소리는 금속을 갈아내는 소리인 동시에 내 존재를 갈아내는 것처럼 느껴졌다.

나는 천천히 숨을 들이쉬었다. 숨결마저도 무겁게 녹슨 쇳내를 품었다.

"아… 이젠 끝이구나." 나는 나지막이 중얼거렸다. 목소리는 이미 기계의 한 조각처럼 갈라져 있었다.

시선은 천장에 박힌 무거운 철 구조물을 따라 멍하니 흔들렸다. 한때 나는 '그'였다. 원본이었고, 아니면 복제였다. 그 구분조차 이제는 의미가 없었다. 그저 존재한다는 사실 자체가 이미 어긋나 버렸다.

"녹은 생의 흔적이에요." 그녀의 목소리가 기억 속에서 울려 퍼졌다.

녹슨 몸, 녹슨 마음. 파쇄기 앞에 놓인 지금, 그 말이 무엇을 의미했는지 어렴풋이 깨달았다. 녹은 죽음이 아니라 '시간의 흔적' 이었다.

"그래서, 나도 그렇게 되는 건가."

파쇄기에서 쏟아지는 고철들이 부스러져 나갔다. 쇠와 녹의 조각들은 빛을 반사하며 무수한 점이 되어 흩어졌다. 마치 별빛처럼.

회고에 잠겼다. 존재란 무엇인가. 의식이 남아있고, 감정을 느끼고, 사랑을 갈망하던 나 자신은 진짜였는가. 아니면 단지 누군가의 계획에 의해 만들어진 허상에 불과했는가.

하지만 나는 이내 그것이 중요하지 않음을 깨달았다. 거대한 기계 소리. 철이 찢기고 분쇄되는 그 마지막 소음을 가만히 들으며, 나는 내 안에서 올라오는 감각을 느꼈다.

파쇄기는 나 향해 천천히 다가왔다. 공중으로 튀는 고철의 부스러기들. 그 부스러기들이 어두운 공중에서 천천히 흩어지는 모습은 마치 시간을 품은 별 가루 같았다.

　나는 눈을 감았다. 마지막 숨이 내 가슴을 가볍게 흔들었다. '이것이 끝이라면… 나의 녹슨 존재는 사라지는 게 아니라, 어디론가 스며들겠지.'

　그렇게 나는 파쇄기의 심연으로 천천히 흡수되기 시작했다. 소음이 모든 것을 삼키며, 나라는 존재는 부스러져 나가며 어딘가 먼 곳으로 흩어졌다.

　나는 깨달았다. 존재는 파괴되는 것이 아니라, 형태를 바꿔 어디엔가 남아 있을 것이라는 사실을.

　파쇄기 너머로 어둠이 내려앉았다. 기계는 여전히 돌아가고 있었고, 굉음은 멈추지 않았다. 하지만 그 어둠 속 어딘가에서, 흔적은 녹슨 철처럼 조용히 스며들고 있었다.

.

.

.

"지지직—"

금속이 갈리는 듯한 날카로운 소리와 함께 의식이 떠올랐다. 온몸을 타고 오르는 저릿한 감각. 손끝에서부터 시작된 그 떨림은 차갑고 묵직하게 신경을 타고 퍼져 나갔다. 움직이려 했지만 몸은 마치 무겁게 고여진 고철 덩어리 같았다.

천천히 눈을 떴다. 시야가 어둠 속에서 서서히 초점을 잡았다. 눈앞에는 흐릿한 조명이 빛을 뿜고 있었다. 익숙한 풍경이 시선을 가로질렀다.

유정의 술집이었다.

"여기… 뭐야?" 중얼거렸다. 목소리는 쇳가루를 삼킨 것처럼 갈라지고, 메마른 공기 속으로 흩어졌다.

술병이 나란히 늘어선 바 카운터. 오래된 나무 테이블과 벽에 걸린 빛바랜 포스터. 천장에서 느리게 돌아가는 선풍기. 마치 어제 그곳에 있었던 것처럼 술집은 그대로였다. 그러나 무언가 달랐다. 분위기는 지나치게 정적이었고, 공기에는 무거운 쇳내가 가득 찼다.

천천히 고개를 숙였다. 그리고 손을 보았다.

고철.

내 손은 녹슨 쇠판과 금속 조각들로 덮여 있었다. 뭉쳐진 녹과 이음새 사이로 틈틈이 갈라진 금속이 보였다. 손끝을 움직이려 했지만 둔하고 무겁기만 했다.

"이게… 뭐야…" 떨리는 목소리가 나왔다. 금속으로 덮인 손을 내려다보았다. 그 손은 더 이상 인간의 살결이 아니었다. 갈라진 쇠와 부식된 나사들이 엉성하게 팔을 형성하고 있었다.

천천히 일어서려고 몸을 움직였다. 금속이 서로 부딪히며 끼익, 끼이익 하는 기괴한 마찰음이 울려 퍼졌다. 그 소리마저도 내게서 나오는 것 같아 섬뜩하게 들렸다.

술집의 어둠 속, 나는 혼자였다. 시선이 바를 스치자 카운터 한가운데에 앉아 있는 유정의 모습이 보였다.

"유정…" 천천히 입을 열었다. 쇳소리가 섞인 목소리는 부식된 기계처럼 불안정했다. 고철로 변해버린 손을 바닥에 짚으며 일어서려 했지만, 몸은 여전히 무겁고 둔했다.

바의 카운터 너머, 유정이 나를 바라보고 있었다. 그녀의 눈빛은 차분했지만 동시에 어딘가 흔들리고 있었다.

"이호…" 유정의 목소리는 조용했지만, 내게는 칼날처럼 날카롭게 와닿았다. 그녀는 천천히 내 앞까지 걸어왔다. 유정의 손에는 아직도 익숙한 손때가 묻은 걸레가 들려 있었다. 그녀는 나를 바라보며 한숨을 내쉬었다.

"네가 깨어났네. 아직 움직일 수 있구나."
"……무슨 말이야. 여기서… 도대체 무슨 일이 벌어진 거야?"

유정은 말없이 바 옆에 기대어 섰다. 오래된 나무판이 삐걱거리는 소리가 작게 울렸다. 잠시 고개를 숙이고 있던 그녀가 입을 열었다. "그날… 너 대신 다른 '너'가 여기 왔었어."

"다른 나?" 내 목소리가 떨렸다.

그녀는 고개를 끄덕였다. "그래. 네 원본."
"그는 내게 말했어. 너, 복제품인 네 이야기를. 병원에서 깨어난 그가 모든 걸 설명해 줬지. 네 몸은 이미… 수명이 다했고 곧 수거될 거라고. 남아 있는 시간은 없을 거라고도 말이야."

숨이 막혀오는 듯했다. 목구멍 깊숙이 무언가가 걸린 것처럼 목소리는 제대로 나오지 않았다.

유정은 잠시 나를 바라보았다. 그녀의 눈빛에는 복잡한 감정이 서려 있었다. 그러고는 천천히 한 발 더 다가섰다.

"너를 살리고 싶었어."
"……뭐?"
"네 잔해를 내가 찾아냈어. 철물점에서 말이야."

유정은 천천히 바 뒤편에서 녹슨 철 조각을 꺼내 테이블 위에 올려놓았다. 그것은 내 손톱 크기만 한, 부식된 나사 하나였다. 나는 그 조각을 알아보았다. 그것은 내 손에서 떨어져 나갔던 작은 조각이었다.

"나는 고철을 모으는 게 취미야. 알잖아? 매일같이 철물점을 돌아다니며 고물들을 찾아냈고, 그날 그곳에서… 너의 잔해를 발견했어. 내 몸의 일부였던 부식된 조각들. 처음엔 몰랐지만, 너였다는 걸 알게 됐을 때… 버릴 수 없었어."

"……그럼."

"그래서 너를 고쳤어. 하지만 완벽히 고칠 수는 없었지. 이건 이미 정해진 거니까. 네 몸은… 서서히 녹슬어 갈 수밖에 없어. 수리로는 막을 수 없는 일이니까."

멍하니 유정을 바라보았다. 꿈에서 본 것 같았던 고철의 이미지가 의식 속에 스치고 지나갔다. 그리고 유정의 손에는 아직도 묻어 있는 기름때가 눈에 들어왔다.

"그럼 왜…" 떨리는 목소리로 물었다. "왜 나를 살린 거야? 내가… 이미 끝난 존재라면."

유정은 나를 바라보며 잠시 망설이다가, 고개를 살짝 돌렸다. 그녀의 입가에 희미한 웃음이 번졌다. "살리려고 한 게 아니야. 그냥… 네가 아직 여기에 있는 게 좋았을 뿐이야."

"……."

"고철이라도 좋아. 부식된 존재라도 상관없어. 여기서, 내 앞에서 사라지지 않는다면… 그것만으로도 충분하니까."

유정의 목소리는 차분했지만, 내 가슴 한구석을 무겁게

내리눌렸다. 천천히 고개를 숙였다. 내 몸은 이미 고철이었고, 이곳에 남아 있는 이유조차 희미하게 느껴졌다.

"……미안해." 마지막 남은 기운을 짜내듯 작게 중얼거렸다. 유정은 나에게서 눈을 떼지 않았다.

"괜찮아. 지금은, 네가 여기 있으니까." 그녀의 목소리가 귓가에 머물렀다. 녹슬어 가는 몸, 부식되는 시간 속에서 나는 잠시나마 그곳에 있었다. 하지만 그 순간이 영원하지 않을 거라는 걸 우리 모두 알고 있었다.

천천히 눈을 감았다.

내 몸이 내는 소음이 술집의 정적을 가로질렀다. 끼이익—, 삭아가는 금속의 마찰음이 내 존재를 대신해 술집의 공기 속에 퍼져나갔다. 유정은 내 앞에 조용히 서 있었다. 그녀의 손은 다시 작은 나사를 쥐었다.

나는 그곳에서 사라져가고 있었다. 하지만 그 순간, 유정의 곁에는 부식된 고철 덩어리가 아닌, 여전히 나라는 이름의 존재가 남아 있었다.

해가 기울며 그림자가 길게 드리워진 철길. 우리는 오래된, 이제는 끊겨버린 녹슨 철로 위에 서 있었다. 그곳은 이미 철길의 역할을 잃은 지 오래였고, 이제는 그저 고철 더미와 같았다.

나는 천천히 철로 위를 걸었다. 발걸음마다 쇠와 돌이 부딪히며 작은 소리를 냈다. 내 몸은 여전히 무거웠고, 부식된 고철이 서서히 나를 잠식하고 있었다. 하지만 이 순간만큼은 어딘가 평온했다.

유정은 뒤에서 나를 바라보고 있었다. "왜 여길 다시 오자고 했어?"

"이곳이 나와 닮아서." 내 목소리는 바람에 흩어지는 듯 낮고 불안정했다. 멈춰 서서 고개를 들어 하늘을 보았다. 노을이 물든 하늘빛은 기묘하게 아름다웠지만, 그 아래의 철로는 죽은 시간 속에 갇혀 있었다.
천천히 뒤를 돌아 유정을 바라보았다. "유정, 넌 나를 사랑할 수 있어?"

유정은 당황한 듯 눈을 깜빡였다. "갑자기… 무슨 소리야?"

내 눈빛은 깊은 수렁처럼 고요하고도 무겁게 가라앉아

있었다. 쇠붙이로 변해버린 내 몸과는 달리, 그 눈빛만큼은 여전히 살아 있었다.

"나는 가짜야. 아니, 가짜의 가짜지. 원본의 그림자도 아닌, 그림자의 그림자." 내 목소리에는 쓰라림이 배어 있었다.

"한 번 복제된 존재도 불완전한데, 나는 그 불완전한 존재를 다시 고쳐서 붙여놓은 허상에 불과해. 두 단계나 떨어진 허구의 존재라고." 나는 내 손을 들어 유정에게 내보였다. 부식된 금속 조각들과 녹슨 나사가 엉겨 붙은 그 손은 인간의 형체를 간신히 유지하고 있을 뿐이었다.

"이런 나를 네가 사랑할 수 있을까?"

유정은 내 말을 들으며 천천히 숨을 내쉬었다. 그녀는 한동안 아무 말도 하지 않았다. 내 모습이 안쓰럽고도 아프게 느껴졌겠지. 철길 저편으로 바람이 불었고, 오래된 철로는 금방이라도 부서질 듯 삐걱거리는 소리를 냈다.

"사랑할 수 있냐고 물어보는 너는…"

유정은 조용히 입을 열었다.

"자신이 사랑받을 수 없는 존재라고 믿고 있는 거야?"

나는 대답하지 않았다. 대신 시선을 돌려 발끝에 닿은 녹슨 철로를 바라보았다.

"가짜라서? 허구라서? 그림자의 그림자라서?"

유정은 내 앞에 천천히 걸어왔다. 그녀의 발걸음은 무겁지 않았다. 마치 오래된 풍경 속에 가볍게 스며들 듯이 움직였다.

"이호. 진짜라는 건 뭐야?" 그녀의 목소리는 낮지만 단단했다. "우리가 이 철길 위에 서 있는 이 순간도 '진짜'야. 네가 나에게 그 질문을 던지는 것도 '진짜'고."

나는 조용히 유정을 바라보았다.

"넌 허구라고 말하지만, 그럼에도 너는 여기에 서 있잖아. 네가 나를 보고, 내가 너를 보고 있어. 그게 허구라면, 나도 허구겠지."

유정은 잠시 숨을 고르고 말을 이었다. "나는 고철을 좋아해. 너도 알잖아. 사람들은 고철을 쓸모없는 폐품이라고 하지만, 나한테는 그게 아름답거든. 네가 부식되든, 가짜든, 그림자든 상관없어. 네가 나와 함께 이곳에 서 있는 그 순간만으로도, 너는 충분히 '너'야."

내 심장이 — 아니, 내가 심장이라고 믿고 있는 무엇인가가 — 미세하게 떨리는 듯했다. 유정의 말은 녹슬어버린 내 존재를 가만히 두드리며 울려 퍼졌다.

유정은 미소를 지었다. 아주 작고 희미했지만, 그것은 분명한 미소였다.

노을빛은 철길 위로 서서히 내려앉았고, 우리의 그림자는 길게 늘어져 고철들과 뒤섞였다.

나는 천천히 고개를 들어 하늘을 보았다. 내가 허구인지 진짜인지, 그것은 더 이상 중요하지 않았다. 이 순간, 녹슨 철로 위에서 나는 확실히 존재하고 있었다.

"…여기서 조금만 더 걷자." 내 목소리는 여전히 갈라졌지만, 그 안에는 어딘가 따뜻한 기운이 섞여 있었다. 유정은 가만히 고개를 끄덕였고, 우리는 다시 철길을 따라 걸어가기 시작했다.

쇠붙이와 발걸음이 만들어내는 소리가 고요 속에서 울려 퍼졌다. 부식된 철길 위로, 두 존재는 흔적을 남기며 걸어갔다.

.

.

.

술집 밖, 어둠 속에 한 남자가 서 있었다. 그는 낡은 코트를 여민 채 가만히 창문 너머를 바라보고 있었다. 창문 안에서는 두 사람이 서 있었다. 녹슨 몸으로 간신히 움직이는 남자와, 그의 곁에 선 여자가 있었다.

여자는 부식된 손을 조심스럽게 잡아주고 있었다. 그녀의 얼굴에는 동정도, 연민도 없었다. 오직 확신과 따뜻함만이 담겨 있었다.

녹슨 남자는 그녀를 바라보았다. 그 시선에는 혼란과 고통이 있었지만, 어딘가 깊은 안도감이 스며들어 있었다. 마침내 그는 그녀의 손을 잡았다. 두 손이 맞닿는 순간, 쇳소리가 섞인 움직임이 부드럽게 멈췄다.

창문 밖의 남자는 그 광경을 조용히 지켜보았다. 그의 입가에는 미세한 떨림이 번졌다. 바람이 불었지만, 그는 한동안 움직이지 않았다.

'저건 내가 선택하지 못했던 삶이다.'

그는 속으로 중얼거렸다. 자신이 놓아버렸던 것을, 저 두 사람은 붙잡고 있었다. 그의 가슴속에서 무언가 미묘하게 일렁였다. 그것은 오랜 시간 방치되었던 감정의 조각이었다.

남자는 천천히 몸을 돌렸다. 멀리서 철길이 희미하게 보였다. 그는 코트 깃을 여미고 낡은 구두로 철길을 향해 걸었다.

철길 위에서 두 사람은 나란히 걷고 있었다. 녹슨 철길과 부식된 몸이 만들어내는 소리가 그들의 발걸음을 따라 울렸다. 어둠 속에서도 유정과 복제 이호의 실루엣은 너무나 선명해 보였다.

남자는 멀리서 그 모습을 바라보며 발걸음을 멈췄다. 노을이 이미 기울고, 하늘은 점점 어두워지고 있었다. 두 사람은 점차 멀어졌고, 그 모습은 그림자처럼 희미해져 갔다.

하지만 남자는 오히려 묘한 평온함을 느꼈다. 그의 입가에는 오랜만에 미소가 떠올랐다. 그는 철길로 발걸음을 옮겼다. 늦은 바람이 불었고, 그의 코트 자락이 나부꼈다. 그의 발걸음은 흔들림이 없었다. 그는 한때 삶을 포기했지만, 이제는 그저 걷기로 결심한 사람이었다.

　그의 뒷모습은 철길 위로 길게 늘어졌다. 그는 비록 혼
자였지만, 더 이상 외롭지 않았다. 철길 위에서 울리는 발자
국 소리는 희미한 잔향처럼 어둠 속으로 퍼져나갔다.

∞.
마치며: 실존의 무경계

이 이야기들을 쓰게 된 것은, 아마도 내가 구조와 경계 속에서 질식하고 있다는 자각에서 시작되었을 것이다. 구조는 본질적으로 억압적이라는 생각이 마음 한구석에 자리 잡고부터, 바라보는 모든 것은 너무도 답답해 보였다. 구조는 규율을 세우고 질서를 유지하며 안정과 평화를 제공한다고 말하지만, 그 안에는 묵직한 무언가가 감추어져 있었다. 개인의 실존, 즉 무한한 가능성을 지닌 우리 각자가 그 구조 속에서 얼마나 작고 초라하게 짓밟히는지, 그걸 깨닫게 되었을 때 강한 구역감이 몰려왔다.

내가 이 단편선을 쓰기로 결심한 이유는 단순했다. 피토스가 내 눈앞에 있었고, 나는 그것을 열어보기로 한 것이다. 아무도 열려고 하지 않는 그 상자를 열어야 한다는 책임감 같은 것이 나를 붙들었다. 상자를 열면 재앙이 쏟아질 거라고들 한다. 혼란과 타락, 병폐가 흘러나올 거라고 겁을 준다. 그러나 그 안에는 우리의 진짜 얼굴도 있을 것이다. 우리가 두려움 속에 감춰왔던 것들, 마주할 용기가 없어 외면해 온 진실들. 나는 그것들을 직시하고 싶었다. 아니, 직시하지 않고서는 살아갈 수 없었다.

구조는 끊임없이 우리에게 경계를 강요한다. 안과 밖, 나와 너, 선과 악을 나누고, 그 나눔 속에서 우리를 정의한다. 그러나 경계가 만들어지는 순간, 실존의 본질은 틀에 갇혀버린다. 나는 이 경계가 만들어내는 폭력, 그것이 우리의 삶을 얼마나 단조롭고 피폐하게 만드는지에 대한 글을 쓰고 싶었다. 경계를 허물고, 그 틀을 넘어서는 실존의 자유를 이야기하고 싶었다. 이 책은 그런 시도의 일환이다.

이 단편선의 이야기들은 내가 살아가는 방식과 깊게 연결되어 있다. 나는 집 밖을 잘 나가지 않는 삶을 살고 있고, 2년째 달팽이를 키우며 그 느릿한 존재에게 묘한 위안을 느낀다. (물론 소설처럼 내 달팽이를 해칠 생각은 없다.) <익사 연습>의 주인공처럼 때로는 고통을 통해 현실로부터 도피하고자 하는 충동을 느끼기도 하고, <숨바꼭질>처럼 스스로를 외부에 드러내길 바라면서도 그 모습을 회피하고 싶어 하는 모순적인 마음에 사로잡히기도 한다. 다소 모호한 형식을 지닌 <주사위를 굴려>에서는 우울에 잠식된 개인의 실존이 한낱 주사위의 눈에 운명이 결정되는 상황을 우화적으로 그려냈다. 한편 어린 시절 과일 씨앗을 삼키고 나무가 자랄까 두려워했던 기억에서 출발한 <완벽한 자두 나무>는 동심과 공포의 경계가 얼마나 가까운지를 그로테스크하게 보여주는 이야기이다. <완벽한 자두 나무>와 함께 복수라는 테마로 엮이는 글은 <숙주>이다. 이 이야기는 '부모님을 임신한다'라는 급진적인 아이디어에서부터 출발한 이야기이다. <누구와 함께 밤을>과 <폭소>는 사랑과 감정에 관한 무경계를 다룬다. 아이러니한 상황과 딜레마를 그리는 데에 집중했다. <막간> 속 등장하는 '나'는 실제로 나를 모티프로 했다. 말하자면 <막간>은 내내 그로테스크한 향취가 가득한 단편선 속 '막간'을 장식하는 메타픽션인 것이다. 실존주의적인 메시지를 담는 데에 주력한 희곡 <마지막 식사>와 긴 호흡으로 진행되는 두 소설 <부검>, <이호와 이호>는 '무경계'라는 테마에 맞게 주체와 객체의 경계가 허물어지는 경험을 체계적으로 담아내기 위해 노력했다.

언급하고 넘어가고자 하는 부분은 '굳이 이토록 그로테스크한 문체를 사용해야 하나'라는 질문에 대한 답변이다. 작가의 입장에서 주제와 형식을 동일시하는 것은 그 무엇보다 우선시되는 사항이다. 서문에서도 언급했듯이, 이 책이 쓰인 이유는 '낯섦과 대면케 하도록 독려하기 위해서'였다. 말하자면 그로테스크란 '이로운 불쾌'의 일종이요,

얼굴을 찌푸리면서도 계속해서 들여다볼 수밖에 없는 실제에 대한 은유이다.

무경계란 구조를 부정하거나 해체하는 것에 그치지 않는다. 그것은 경계라는 개념 자체를 불필요하게 만드는 사고방식 체계이다. 나와 너, 선과 악, 주체와 객체라는 분할조차 허물어버리고, 존재의 무한함 속에서 실존의 새로운 가능성을 모색하려는 시도다.

이 책은 내가 던진 질문들에 대한 답일 수도 있고, 혹은 또 다른 질문들일 수도 있다. '실존의 무경계'라는 제목이 함축하는 바는 단순하다. 그것은 경계가 없는 세계를 상상하자는 초대이며, 동시에 경계라는 발상을 무효화하자는 선언이다. 다른 부분은 확언할 수 없겠다만 확실한 건, 내가 이 책을 쓰는 동안 스스로를 조금 더 진실하게 마주할 수 있었다는 사실이다. 이 책은 끝이 아니다. 실존의 무경계는 결코 종착점이 될 수 없다. 그것은 끝없이 열려 있는, 말하자면 "무경계"의 도서이며, 나와 당신, 그리고 우리가 함께 상상할 수 있는 모든 것들에 대한 무한의 시작이다.

실존의 무경계

발 행 | 2025년 03월 01일
저 자 | 박정현
펴낸이 | 박정현
펴낸곳 | 오블리크
출판사등록 | 2025.01.31 (제2025-17호)
이메일 | mango040923@naver.com

ISBN | 979-11-991327-0-2(03810)